初恋の少年は冷徹騎士に豹変(ひょうへん)していました

全力で告白されるなんて想定外です!!

雨咲はな

24190

角川ビーンズ文庫

プロローグ 007

第一章
初恋、交流、それから別離 016

第二章
再会、断絶、くすぶる恋情 059

第三章
逃亡、追走、その後の急転 101

第四章
過去、現在、見えない未来 133

第五章
仮面、表裏、明日への希望 187

エピローグ 257

番外編
陽だまりの中で 264

あとがき 282

Contents

シリル・オルコット
ラヴィの初恋相手。
王立騎士団所属の騎士。
通称「孤高の冬狼」
ラヴィ・ニコルソン
ニコルソン商会の娘。
口癖は「いいことを
思いつきました！」で、
九割ろくでもない
Characters

初恋の少年は冷徹騎士に豹変していました

全力で告白されるなんて想定外です!!

王立騎士団所属の騎士。
気さくで女性には優しい、
面倒見がいい

王立騎士団の団長。
ディルトニア王国の
第二王子

王立騎士団所属の騎士。
強面で無愛想。
口数も少ないが、誠実

王立騎士団所属の騎士。
妹思いで、同じ年頃の
ラヴィを気遣ってくれる

本文イラスト／宮波

プロローグ

けたたましい音を立てて、馬車が疾走している。

内臓がすべて外に飛び出てしまいそうなほどの激しい振動で、小さな身体をガクガクと揺さぶられながら、ラヴィは隣に座る母親に強くしがみついた。

「儚げな美人」と評判の高い母は今、その整った顔を恐怖で引き攣らせ、ラヴィの肩に片手を回し、もう片手で幼い弟をしっかりと抱き込んでいる。ラヴィたち姉弟は彼女とそっくりな栗色の瞳と髪を受け継いだので、そうして三人でくっついていると、どれが誰の頭なのかよく判らないくらいだ。

二人の子は顔立ちもそれぞれ母親似だが、儚げなところだけは似なかったらしく、ラヴィは「陽気で活発そう」と言われ、弟のアンディは「静かで理知的」などと言われる。

その印象どおり、まだ二歳ながら賢い性質の弟は、ぱっちりと目を開けてはいるがこの大きな揺れと音に泣きもせず、母の腕の中でじっと身を固くしていた。

「お母さま、気を強く持ってくださいね」

八歳のラヴィとて、今の状態が非常によくないということは判る。

ガラガラと全速で回り続ける車輪の音にまぎれて聞こえてくるのは、なんとも野蛮で粗暴な、男たちの大音声だ。

歓声にも似た猛々しい雄叫びは、興奮と愉悦を隠してもいなかった。そこに緊張がほとんど混じっていないのは、それだけこちらを侮っているということでもある。

無理もない。ラヴィたちが乗っている馬車は個人所有のもので、つまりそれは裕福さの象徴だ。そして車体に家紋がついていないから、乗っているのは貴族ではないと判る。制圧が楽な上に儲けも大きいとなったら、馬車強盗にとってこんなに嬉しい獲物はないだろう。

「ええ、ええ、ラヴィ、判っていますとも」

蒼白になった母親は、震える手で我が子二人を引き寄せて、悲壮な表情で頷いた。

「あのような卑しい賊どもに、私にもあなたたちにも、指一本触れさせやしません。追いつかれる前に、親子三人で神の御許へ参りましょう」

――あらら。お母さまったら、もうすっかり自害するつもりでいるわ。

怯えつつも毅然とした母の態度を見て、ラヴィは眉を寄せた。

「気を強く持って」と言ったのは、捕まった後しかるべき対応をするための心の準備を、という意味だったのだが、彼女は捕まる前にすべてを終わらせる決意をしているらしい。

「あのねお母さま、強盗といっても人間なのだから、対話くらいはできると思うの。この場合、まずは交渉や取り引きをしてみるのが最善――」

「いいえ、あのような連中、人の言葉も通じないような、けだものにも劣る畜生に決まっています。私の可愛い子どもたちが、狼藉者どもに手足をちぎられ臓物を引きずり出されるようなやり方で嬲り殺されるなんて耐えられない。その前にこの母が、綺麗に死なせてあげます」

「なにもわざわざそんな物騒な想像をしなくても……だってお母さま、この馬車の中にある金目のものといったら、せいぜいお洋服とか装飾品とか、それくらいよ？　それなら、わたしたちを人質にして身代金を取ったほうがいいと、あちらだって考えるのではないかしら」

　なにしろラヴィの父は、今を時めく「ニコルソン商会」の会長である。このディルトニア王国で、数年前から一気に名を広めたその商会の羽振りの良さについては、王都の子どもでも知っているほどだ。

　強盗たちにそれを話せば、さすがにすぐ殺されるということはないだろう。仕事の都合で王都にいることのほうが多い父親だが、妻子を溺愛している彼が自分たちを見捨てるはずもない。

　きっと、身代金を用意するなり、あらゆる手を使って捜索するなりしてくれるはず。

　そうやって時間を稼いで機会を窺い、できれば相手の隙をついて逃げ出す算段を考えましょう——とラヴィとしては言いたかったのだが、母はますます青くなって短い悲鳴を上げた。

「服と装飾品……！　身ぐるみ剝がされて辱めを受けるくらいなら、今すぐにでも母は喉を突いて死にます！　それが貴族女性の誇りというもの」

「今のお母さまは、まったき平民ではないですか」

母は「元・貴族子女」である。彼女の実家は一応爵位持ちだったが、困窮して没落した挙げ句、領地も貴族籍もすべて手放すことになった。そうして生きる道を必死に模索していたところを父に見初められ、結婚したのだ。

暮らしぶりは以前よりも豊かになったくらいだろうが、平民であることには違いない。

しかし幼い時から身についたものというのはそうそう変わらないのか、母はたまに面倒くさい自尊心というものに固執する。しかも、こういう「とりあえずそれは脇に置いておこう」という事態に直面した時に限ってだ。

「そんなことを言ったら、お父さまが涙の海に溺れてしまいますよ。ね、お母さま、ここはなんとしても、三人で生きましょう」

「ええ、ラヴィ。三人で仲良く天国へ逝きましょうね！」

「そっちじゃないです」

強盗たちの声と蹄の音がどんどん近づいてくる。御者はなりふり構わず馬を走らせているが、追いつかれるのは時間の問題だろう。

しかしこの調子だと、それ以前に実の母の手によって強制的に人生を終了させられそうだ。天国というのがどんなに素晴らしいところでも、ラヴィはまだそちらへ行きたいとは思っていなかった。

母親はぼろぼろ泣きながら、聖句を唱え始めている。その腕の中で、幼い弟が目を大きく開けてラヴィをじっと見つめていた。おまえがどうにかしろ、と訴えるように。

もちろんだ。まだたった二年しか生きていない彼の命のともしびを、こんなところで消させるわけにはいかない。ラヴィがなんとかしなければ。

考えろ、考えろ、どうすれば――

その時だ。

ヒヒーン！　という馬の甲高いいななきが響き渡った。

笑い含みだった下品な大声が、一転して、驚きと焦りに占められた喚き声に変わった。

それとともに、剣を打ち鳴らす金属音と、複数の蹄の音が入り乱れて聞こえた。馬車の中にいても緊迫した雰囲気が伝わり、ラヴィたちは三人でくっついて身を縮めた。

母がおそるおそる手を伸ばし、窓にかかっていたカーテンをそっとめくる。しかし馬車はまだ猛スピードで走っている上、外はもうもうと砂煙が流れているので、ほとんど視界がきかない。

耳を澄ますと、強盗たちの荒々しい罵声だけでなく、「あちらに回れ」「逃がすな！」と命令を下す張りのある大声も耳に届いた。

「助けが来たんだわ……」

ラヴィはそう呟いて、両手を強く握り合わせた。

その手はぶるぶると小さく震えている。いいや本当は、最初からずっと全身が震えていたのだ。

この絶体絶命の状況で、少女であるラヴィが恐ろしくないわけがない。一生懸命冷静でいようとしたけれど、実際は今にも泣き出しそうなのをこらえるので精一杯だった。

しばらくして、馬車が徐々にスピードを落とし、ギッという音とともに停止した。いつの間にか、外の怒鳴り声も止んでいる。

固唾を呑んで息をひそめていると、馬車の扉がコンコンと軽く叩かれた。

「……大丈夫ですか？」

扉を開けたのは、人相の悪い荒くれ者ではなく、厳つい屈強な兵士でもなかった。

ラヴィより少し年上くらいの、少年だった。

まだ華奢と言ってもいい細い体軀は、一目で上等と判る洋服に包まれている。その身なりと品の良さ、洗練された仕草は、明らかに彼が貴族の子息であることを示していた。

シルバーグレーの髪を柔らかく風になびかせ、心配そうにこちらを覗き込む青い目は、

頭上にある空のように美しく澄んでいる。

「賊は取り押さえましたので、ご安心ください。お怪我はありませんか」

家紋のない馬車に乗っているのだからラヴィたちが平民であることは判っているだろうに、非常に丁寧な口調で、しかも相手を慮る優しげな響きがあった。

もちろん強盗たちを捕らえたのはこの少年ではなく、彼に従う大人たちだったのだろうが、それでも先頭を切って扉を開け、安否を訊ねてくるところに、彼の責任感の強さと誠実さが垣間見える。

「あ……ありがとうございます。本当に、なんとお礼を申し上げていいか」

母は涙ながらに少年に向かって礼を述べ、娘にもそうするよう促したが、ぽかんと口を丸く開けたラヴィは、両手を胸の前で握り合わせたまま、頭を下げるどころか動くこともできないでいた。

実を言うと、少年の言葉も、母の声も、ほとんど耳に入っていなかった。

だってその時、ラヴィの頭の中では盛大に鐘の音が鳴り響いていたからだ。リンゴンリンゴンと痺れるくらいの大音量にかき消されて、そりゃ他の声や音なんて、何も聞こえるはずがない。

これは始まりの鐘だ。

なんてこと、なんてこと。

……ラヴィは八歳にして、自分の運命に巡り合ってしまった。

これが恋というものか。しかも最初で最後の恋だ。そうに決まっている。だってこんなにも頭と心臓がバクバクして、くらくらと目が回って、世界中が光り輝いているのだから。

だとしたら、そうよ、だとしたら。

わたし、なんとしてもこの人と結婚しなくっちゃ……！

思い込みの激しい性格のラヴィは、そう決心すると同時に気を失った。

第一章　初恋、交流、それから別離

知らせを受けた父親が、仰天して王都からこちらに駆けつけてくるまで、三日かかった。

その間、彼はただ身を揉みしだくように心配していただけではないらしい。そこは有能な商人として、あちこちに人を遣り、それなりの金銭も使って、事実の調査と今後の采配のために手を回していたようだ。

自分の力で商会を立ち上げ、一代で大きくしたという父は、素早く回る頭と幅広い人脈を持っているのである。少しふくよかな身体と、いかにも人の好さそうな顔つきから、大抵の人たちは勝手に彼を「温厚な人」と判断するのだが、それだけでは平民の身でここまでやってこられないだろう。

そういうわけで、屋敷に到着して妻子の無事を確認し泣いて喜んだ時には、もう父のもとには必要な情報がほぼ揃っている状態だった。

いつ、どのように馬車が襲われたか。捕縛された強盗たちがその後どうなったか。そしてこれが最も重要なのだが、ラヴィたち一行を助けてくれたあの少年が、どこの誰なのかということも。

「隣の領地はオルコット伯爵という方が治めておられるんだけれど、彼はそのご長男で、シリルさまとおっしゃるらしい」

屋敷の居間で父親からそれを聞き、ラヴィは非常に悔しい思いをした。

できるなら、その名は本人の口から直接教えてもらいたかった。いや、あそこで気絶するなんて醜態をさらしていなければ、それは十分可能だったはずなのだ。

名前を聞いたら当然礼儀として自分も名乗ることになるから、絶好のアピール機会だったのに！　ラヴィだってその気になればいくらでも可愛らしく礼を取って、「ラヴィ・ニコルソンです、これから末永くよろしくお願いします」とご挨拶できたのに！

でも、そうか、あの人はシリルさまとおっしゃるのね。シリル、シリル、なんて良い名前でしょう。シリルとラヴィ、悪くない響きだわ。いえ、この上なく納まりがいいわ。

ラヴィはぽうっと夢心地になって、胸の中でその名を繰り返した。

「普段は王都の寄宿学校にいるんだけど、たまたま長期休みで領地に戻っていたんだそうだ。それで護衛たちと馬の遠乗りをした帰りに、うちの馬車が襲われている場面を見つけて、助けてくれたらしいよ。いやあ、その偶然がなければ、今頃どうなっていたことか、考えるだけで恐ろしいね」

十代、二十代としゃかりきに商売の手を広げ、三十を過ぎてからようやく得た妻と子どもたちを深く愛している父は、ぶるっと身を震わせた。

彼自身は金色の目と髪を持っているのに、生まれた子たちが母親の栗色を引き継いだことをなにより喜んだという話だけでも、妻への傾倒ぶりが窺える。

「しかしアンディもミリーも傷一つなくてなによりだ。ラヴィも怖い思いをしただろう。大丈夫かい？」

「わたしは平気です。でもお母さまはまだ大変そうなので、しばらくこちらにいてもらえますか？」

弟のアンディはもう元気に遊んでいるが、母のミリアムのほうはあれから熱を出して、今も床に伏せっている。

母はもともと身体の弱い人で、ニコルソン商会の奥方が子どもたちとともにこんな田舎に引っ込んでいるのは、療養のためという理由が大きかった。それなのにあんな恐ろしい目に遭ってしまうとは、なんとも皮肉な話だ。

「ああ、判ってる。ラヴィは何も心配しなくていいよ」

父も同じようなことを考えているのか、神妙に頷いて請け合った。

「――それで、お父さま」

ラヴィが真顔になってずいっと身を乗り出すと、その迫力に押されたように父はわずかに上半身を後ろに引いた。

「な、なにかな？」

「シリルさまに、助けていただいたお礼を申し上げるんですよね？」

「もちろん。ただ先方は貴族ということで、いろいろと根回しが必要でね……でも、どっさりとお礼の品物を用意するつもりだから、安心おし」

「そのお品をあちらにお届けする時は、お父さまも行かれるの？」

ラヴィの問いに、父は首を捻った。

「うーん、できればそうしたいと思っているけど、まずは使者を立てて、あちらに伺ってみないと……貴族の中には、専属の商人しか信用しない、という人も多いしねえ」

「もし行くのでしたら、その時は絶対にわたしも一緒に連れていってください」

「ラヴィを？　でも――」

「連れていってください！　必ず、必ず、必ずですよ！」

強い口調でしつこく念を押すと、父は困惑しながら「う、うん……」と頷いた。


その後、細々としたやり取りはあったらしいが、父はなんとか伯爵と面会の約束を取りつけて、オルコット邸へ正式に訪問することになった。

事前に父親から「規模にかかわらず『商人』というだけで見下す態度をとる貴族も多いから、心構えをしておきなさい」と忠告されたので覚悟をしていたのだが、幸いにして伯爵はそういうタイプではなかったらしく、ラヴィと父親はきちんと応接間に通され、客人として遇された。

オルコット伯爵は押し出しがよく、いかにも貴族然とした雰囲気の男性だった。しかしそれは、こちらを見下したり威張り散らしたりする傲岸さがあるという意味ではなく、誇り高く、品格を滲ませているという意味だ。

その妻も、優しげではあるが気高さがあり、お茶の入ったカップを持ち上げる指先一つをとっても、見惚れるくらい優雅な動きをする女性だった。貴族として育ったというなら母も同じはずだが、昔から貧乏暮らしだったせいか、彼女は病弱なわりにどこか逞しく、根性が据わっている。それに比べて、まったく苦労をしていなそうなオルコット夫人は、全身から醸し出される空気からして違っていた。

……そして、彼らと並んで座っている、シリル少年。

彼は礼儀正しく、姿勢良く、ソファに腰掛けていた。礼を述べる父に対して、「当然のことをしたまでです」と答えるその顔と態度には、自慢げな素振りもない。父と伯爵が交わす会話に大人しく耳を傾け、求められた時には謙虚に返事をし、そしてたまに、かちんこちんになって固まっているラヴィのほうに視線をやって、微笑みを浮かべる。

完璧だ。

こんな、どこもかしこもすべてが優れた少年がいるだろうか。礼節を持ち、勇気があり、正義感が強く、性格が良く、そしておまけに顔もいいなんて。

そう、十三歳だというシリルは、パッと目を惹(ひ)くくらい容姿が整っていて、そのくせ愛嬌(あいきょう)もある顔立ちをしていた。近寄りがたい美形というわけではないというところもまた、万人に愛されそうな魅力(みりょく)があった。きっと神さまが彼をお造りになった時、ことさらに力を入れたのだろうと思わせる天性のものを備えている。

改めて彼と向かい合ったラヴィは、その事実を改めて突(つ)きつけられ、すっかり取りのぼせてしまった。

はじめて貴族というものを目の当たりにして、気圧(けお)され、萎縮(いしゅく)していたというのもあっただろう。精一杯(せいいっぱい)おめかしをし、メイドに頼(たの)んで栗色の髪を凝(こ)った形に編んでもらった自分が、ひどく場違(ばちが)いな気がして恥(は)ずかしくなるほどに。

最初に「ラヴィ・ニコルソンです」と挨拶をしてから、それきり一言も出せていない。

本当は、助けてもらったことのお礼を言って、自分の宣伝と売り込みをし、この恋心(こいごころ)をありったけぶつけるつもりでいたのに。

最初からずっとそつのない対応をしていたオルコット伯爵夫妻は、ラヴィの母が元は貴族子女で、子どもたちにも下位貴族程度の礼儀と教養を身につけさせていると知ると、「ほう」と目を瞬(またた)き、はじめて興味らしきものを覗(のぞ)かせた。

と同時に、彼らの周囲に張り巡(めぐ)らされていた透明(とうめい)な壁(かべ)も、少しだけ薄(うす)まったような気がした。表情と態度に出さないだけで、やはり初対面の平民の商人に対して、警戒心を抱いていたのだろう。

「では、あなたもお勉強をしているの？」

「は、はい……」

せっかく夫人が水を向けてくれても、ラヴィは消えそうなくらいの小さな声で返事をするのがやっとだった。

自分が情けなくて、泣けてきそうだ。俯きがちになり、奥歯を嚙みしめる。

「何が得意なのかしら。刺繡？　楽器？」

「あ、あの……計算、とか」

オルコット夫人は、あら、という顔をした。

ラヴィはその反応を見て、どうやら貴族女性にとって自分の返答はあまり一般的なものでも、好意的に受け止められるものでもなかったらしい、ということに気づいた。

——失敗した。

一瞬室内に満ちた微妙な沈黙に、顔を青くして身を縮める。

が、その気まずい空気は、小さく噴き出す音で、さあっと霧散した。

「……そうか、そういうところはやっぱり、名高いニコルソン商会のお父君の血を引いているんだね。僕はどちらかというと、勉強よりも身体を動かすほうが好きだけど」

にっこりしながらそう言うシリルに、伯爵夫妻の表情もふっと和んだ。

「それは決して大きな声で言えることではないのだがね」

「そうですよ。あなたったら、馬や剣の稽古にばかり夢中になって」

窘めるような言い方だが、彼らが息子に向ける目は愛情と信頼に溢れている。この二人にとって、シリルはなによりも自慢の宝なのだろう。

シリルは両親に「努力します」と澄ました顔で答えてから、ラヴィのほうを向いた。

「強盗に遭遇するなんて、大変な経験だったね。あれから、怖い夢を見たりしないかい？」

「は、はい……！　あの時は助けていただいて、本当に、ありがとうございました」

夢に出てくるのはあなたのことばかりです、と内心で続けながら、ラヴィは急いでぴょこんと大きく頭を下げた。何度も家で練習をした、可愛くも淑やかな作法とはかなり違ってしまったが、シリルは優しく目を細めた。

「そんなのいいんだ。強盗を捕まえたのは護衛たちであって、僕ではないしね。残念ながら僕はまだ、稽古の時以外で剣を使うことは許されていないんだ」

「シリルさまは、大人になったら、騎士さまになるのですか？」

貴族世界のことなどほとんど知らないラヴィがそう問うと、隣の父が「こら、ラヴィ」と慌てて止め、シリルはきょとんとして目を瞬いた。

「――あははっ」

　そして、軽く声を立てて明るく笑った。今まで一貫して「礼儀正しい少年」を通していた彼が、ふと見せた素の顔だった。

「そうだなあ。それもいいかもね」

　伯爵夫妻が何も言わず苦笑しているのは、シリルがあくまで冗談めいた言い方をしたからだろう。オルコット家の一人息子である彼の将来が今の時点ですでに決まっているということを、ラヴィはまだ理解していなかった。

「ねえラヴィ、よかったら僕と友達になってくれる？　なにしろこのあたりには同じ年頃の子があまりいなくって。寄宿学校が長期休みに入るたびここに帰ってくるんだけど、いつも何もすることがなくて困っていたんだ」

　ラヴィはびっくりした。

　オルコット邸に着く直前までは、どうやったらシリルともっとお近づきになれるか真剣に考えを巡らせていた。なんなら、プロポーズの言葉まで物語から三つ四つ拝借して、いかに滑らかに口にするか、ひそかに特訓していたくらいだ。

　しかし、実際にここに来たら、そんなものはあっという間に吹っ飛んでしまった。

　シリル一家とラヴィとは、生まれ持った価値観、そもそも土台となっているものが完全に別物なのだ、と気づいたからだ。こればかりはお金のあるなしとは関係ない、ということも。

貴族と平民との間には、おそろしく深い溝がある。その溝のこちら側からは、手を伸ばすことすら、たぶん容易なことではない。思い込みは激しいが、父に似て頭の回りも速いラヴィは、不幸なことに訪問からわずかな間のうちに、そのことを理解してしまっていた。

それが、シリルのほうから「友達に」と言われるなんて！

「あ、あの、いいの……よろしいのですか？」

「僕からお願いしているんだよ。もうじき休みが終わって、寄宿学校に戻ることになっているから、まずは僕が手紙を書くね。ラヴィも、周りで何か面白いことが起きたら、僕宛てに手紙をくれるかい？」

シリルの提案に、オルコット夫妻はどちらも反対しなかった。

ラヴィがまだ幼い子どもで、「手紙をやり取りするくらいなら」という気持ちがあったかもしれないし、いずれ伯爵家当主となる息子が平民のことを多少知っておくのもいい、という思惑もあったかもしれない。

しかしどういう事情であれ、これは千載一遇のチャンスだ。

ラヴィは隣に座る自分の父親のほうを見なかった。もしも父が困った顔をしていようと、この話を断るつもりは毛頭なかったからである。

「はい！」

ぱあっと喜色満面で、頷いた。

『――親愛なるラヴィ

僕は今、王都の寄宿学校にいます。ラヴィはたぶんよく知らないと思うので、最初の手紙はここのことを書いていこうと思います。君には関係のない場所だから、つまらないかな？　でも、なるべくわかりやすく説明するからね。

ここに通うのは貴族の子息に限られているけれど、大半の生徒はそれぞれ実家が遠いので、寄宿舎で生活をしているんだよ。狭くても、一人につき一部屋が割り振られているのが幸い。教室で同級生たちとお喋りするのは好きだけど、やっぱり一人でぼんやりしたり、静かに本を読んだりしたい時だってあるからね。ラヴィはどう思う？

寄宿舎生活はスケジュールがあって、朝起きる時間も勉強する時間も夜眠る時間も、きっちり決められているんだ。ちょっと窮屈だけど、最近はだいぶ慣れたかな。消灯時間が過ぎてから、こっそりベッドの中で本を読んでいるところを先生に見つかると、とても怒られて、罰当番をさせられたりする。だけど、読みかけの物語って、途中ではなかなか終わらせることなんてできないだろう？　あ、でもこれは、僕の両親には内緒にしておいてね――』

　シリルは約束どおり、本当にラヴィに手紙を送ってくれた。

　それを受け取った時のラヴィの喜びようったら、父をして「今までどんなプレゼントをした時よりも嬉しそう」と言わしめたほどだった。そりゃあ、人形や本よりも、好きな人からの手紙のほうが嬉しいに決まっている。父は乙女心が判っていない。

　まあいい。そんなことよりシリルの手紙である。

　ラヴィは受け取ったその日から、手紙を常に肌身離さず持ち歩いた。「シリル・オルコット」という署名を眺めては頬を緩め、文面を何度も読み返してはうっとりため息をつくという、忙しくも幸せな日々だった。

　手紙には、寄宿学校での生活が丁寧に書かれていた。細かいところまできちんと説明してあるところに、彼の真面目な性格が窺える。そのため便箋二枚が寄宿舎のことだけで埋まってしまい、文末には「ごめんね、次はもっと学校のことを書きます」とあった。

　次……！　次があるのだ、とラヴィは飛び上がった。少なくとも、シリルはそのつもりでいてくれている。

　早速、返事を書かねば。

　ラヴィはすぐさま、父にねだって便箋と封筒を用意してもらった。王さまに送れるくらい立派なものにしてほしいというお願いは却下されたが、すべすべとした手触りの良い紙に、緊張しながら一文字ずつ丁寧に文字を綴った。

『しんあいなるシリルさま
お手紙をどうもありがとうございます。とどいた時は、うれしくてうれしくて、なんども読みかえしました。ねむる時もベッドの枕もとに置いておいたのですけど、ある朝起きたら、自分のあたまの下からはっけんされて、しわができてしまったので、それからは机のひきだしの中にしまうことにしました。大事なものは、いつもそこにしまうのです。他には、キラキラ光る貝がらと、外国の鳥の羽根と、ひと月前にもらったけど、あまりにおいしかったのでもったいなくて食べられないでいる焼き菓子が入っています。お父さまが王都で買ったものです。王都には、おいしいケーキ屋さんが他にもたくさんあるのでしょうね。
きしゅくしゃについて、シリルさまがくわしく教えてくださったので、わたしもそこで生活しているような気分になれました。うわさのオバケに、シリルさまが食べられてしまわないかと、心配でなりません。わたしがお近くにいたら、ぜったいにやっつけてやるのに。でも、そんなところでお一人でねられるのですから、シリルさまは本当にゆうかんですね。わたしは今も時々、夜中にさびしくなって、お母さまのおへやに行ってしまうことがあります――』

ラヴィはそれはもう張りきって手紙をしたためた。意欲に比例してどんどん書くことも増え、最終的に使用した便箋は六枚になった。反古にした分を含めれば、十数枚になる。

シリルが寄宿舎のことを教えてくれたので、ラヴィはおもに自分が暮らす屋敷のことを書くことにした。父母のこと、弟のこと、メイドたちのこと、屋敷の間取りからラヴィだけの秘密の隠れ場所に至るまで。

まだ文章を作るということに慣れていないラヴィが思いつくままに書いたので、話題はあちらに飛び、こちらに飛び、着地しないまま唐突に切られて次にすっ飛んでいくという目も当てられないことになったが、とにかく力作には違いない。判らない単語や綴りなどは、そのたび大人の誰かを捕まえてしつこく訊ねた。本人は、「表現が詩的だわ」と自信満々だった。

貴族の子息に失礼があってはと心配した父親が、「出す前に僕が見てあげよう」と言ってきたが、ラヴィはそれをきっぱり断って、手紙を封筒にしまい、厳重に封蝋をした。

実の父といえど、恋文を見せられるはずがないではないか。彼は本当に、乙女心が判っていない。

『親愛なるラヴィ

返事をありがとう。たくさん書いてくれたんだね。ラヴィの手紙はとても面白く、興味深くて、そこらの本よりも楽しかったものだから、つい時間を忘れて読みふけってしまったよ。

だけど、一ついいかな。ラヴィ、自分のおうちのことを、あそこまで詳細に他人に教えてはだめだよ。僕が泥棒だったら、どこからどういう経路をたどって忍び込めばいいか、すぐに計画が立てられてしまう。無邪気なラヴィにこんなことは言いたくないけれど、あまり人を信用しすぎてはいけないよ。

そうそう、それからもう一つお願いがあるんだ。引き出しの中のお菓子は、誰か大人の人に渡してもらえるかい？　きっと食べるのを楽しみにしていたんだろうけど、ラヴィにとってよくない気がする。代わりに、王都で買ったお菓子を手紙と一緒に送るからね。僕はよく知らないけど、女の子には評判のお店らしいよ。そのお菓子はひと月も取っておかないで、なるべく早く食べてもらえると嬉しいな――』

書いてあるとおり、手紙とともに小さな箱が届けられて、その中には可愛らしい砂糖菓子がぎっしり詰め込まれていた。

小躍りするほど大喜びしたラヴィは、その箱を引き出しの中に大事にしまってから、シリルの言葉に従い、父からのお土産である焼き菓子を未練なくメイドに渡した。彼女はそれを見ると真っ青になって悲鳴を上げ、恐ろしい形相で口にしていないかラヴィに確認すると、箱を引っ掴んでバタバタと部屋から駆け出していった。

その後、母からたっぷり一時間、お説教をされた。

なるほど、やっぱりあの菓子は自分にとって「よくない」ものであったらしい。シリルの忠告は正しかったのだとしみじみして、ラヴィはもらった砂糖菓子を少しずつ食べることにした。

それにしても気になる。

手紙に書いてある「女の子」というのは、一体どこの誰のことなのだろう。寄宿学校は貴族の子息のみ、つまり男子しかいないということだったからすっかり安心していたのだが、知り合う機会はやはり皆無ではないということか。

「ああ、わたしも早く大人になりたい……あと何年すれば、美人で淑やかでそこはかとなく色気もある女性になれるのかしら」

砂糖菓子をもぐもぐ食べながら悩ましげな吐息とともに呟いたが、時間さえ経過すれば自動的に美人で淑やかで色気もある女性に成長することを疑っていないあたり、ラヴィはまだまだ子どもなのだった。

『しんあいなるシリルさま

先日は、お菓子を送ってくださり、どうもありがとうございます。

もったいないので、ずっと取っておいて、わたしが死ぬ前に食べようかと思ったのですが、シリルさまのお言葉どおり、早めに食べることにしました。とてもおいしかったです。アンディにも、お母さまにも、二つずつあげたら、二人とも「おいしい」と笑っていました。でもお父さまは王都でいくらでも食べられるから、あげませんでした。ちょっと悲しそうな顔をしていました。

お父さまの商会でも、これくらいおいしいお菓子を売ればいいのにと言いましたが、食べ物は扱わないのだそうです。食べ物は、男の人も女の人もお年寄りも子どもも必要とするものなのに、それを商品にしないなんて、りかいできません。こんなことではお父さまの商会はすぐにつぶれてしまうのではないかと心配です。

シリルさまはおいしいお菓子を知っていて、字もきれいな上に、絵もお上手なのですね。お手紙のいちばん下に描いてあったのは、オタマジャクシでしょう？　こちらの川には今たくさんいますけど、王都にもいるのですか。カエルは少し苦手ですが、オタマジャクシはかわいいから好きです。そうそう、かわいいといえば、シリルさまがかわいいと思うのは、どのような女の子ですか――』


相変わらず脈絡というものが一切ないその手紙を読んで、シリルが何を思ったのかは不明だが、しばらくしてから屋敷に届いた彼の返事を見て、ラヴィは青くなった。

『親愛なるラヴィ

お菓子を喜んでもらえたようで、安心したよ。弟君と母上にもちゃんと分けてあげるラヴィは、優しくて気前がいいね。父上にも、もう少しその優しさと気前のよさを発揮できたらいいんじゃないかな。

それから、絵について褒めてもらったけれど、実はあれはオタマジャクシではなく、時々学校に迷い込んでくる猫なんだ……可愛らしいから、ラヴィにも見せてあげたいと思って絵にしてみたのだけど、どうやらあまり上手く伝わらなかったみたいだね。オタマジャクシに見えても、可愛いと思ってもらえたならよかった。

あと、なんだっけ、可愛いと思う女の子、だっけ？　ちょっと質問の意図がよく判らないのだけど、女の子というものはみんな可愛いのではないかな。

僕は一人っ子だから、姉妹のいる友人から話を聞いて、時々羨ましかったんだ。でも今は、ラヴィが僕の妹になってくれたようで嬉しく思ってる。中にはもうすでに婚約が決まった友人もいるけど、僕にはまだそういうのは早いんじゃないかと――』

ラヴィはその手紙を握りしめ、父親のもとに走った。

「ど、どうしたんだい、ラヴィ」

母の状態も落ち着いてきたことだし、そろそろまた王都に戻るつもりで準備をしていた父は、血相を変えて駆け込んできた我が娘を見て、目を白黒させた。

ラヴィは震える手で、父に向かってシリルの手紙を差し出した。その様子を見て、何か尋常ではないことが起きたのかと、父が急いでその手紙にざっと目を通す。

そして、首を傾げた。

「えーと……それで、これが何か？」

「何を言っているのですか、お父さま。中身をよく見ましたか」

「見たけど。シリルさまは、八歳の子ども相手でも礼節を忘れない、よくできた人だね、としか……それにしてもラヴィ、猫をオタマジャクシに間違えるのはあんまりじゃないだろうか」

「そんなことは問題ではないのです。シリルさまの絵はどう見てもオタマジャクシか謎の生命体にしか見えなかったのだから、しょうがないではありませんか。ヤモリや毛虫に間違えなかっただけマシです。それより、ここです、ここ！」

もどかしげにラヴィが指で示す文章を覗き込んで、父はさらに首を捻った。

「もしかして、妹に見られているのが不満なのかい？　でもそれは仕方ないんじゃないかなあ」

「それは大いに不満ですが、違います。ほら、この『もうすでに婚約が決まった友人もいる』という部分です！」

「うん。そりゃあ貴族だから、珍しいことじゃないよねえ」

「何を呑気な。だとしたら余計にグズグズしておれません。お父さま、わたしがシリルさまの婚約者になるには、どうしたらいいですか」

「……なんて？」

首を変な角度で傾けたまま、父の動きがピタリと止まる。

ラヴィは地団駄を踏んだ。

「ですから、婚約です、婚約！　お父さまは、シリルさまが他の女の人と婚約するのをこのまま指をくわえて見ているつもりなのですか⁉　商人は機を逃さず素早く行動するのが第一だと、いつも言っているではありませんか！」

「いや……あのね、ラヴィ」

父はようやく首をまっすぐに戻したが、今度は額に手を当てた。

「もしかしたらそうなんじゃないかなーと思ったけど、ラヴィはシリルさまのことが、異性として好きなのかな？」

「逆に、それ以外の何があるというのです。『お友達』から『お嫁さん』にステップアップしようと努力し続けているわたしの姿が目に入らないのですか。お父さまの目は節穴ですか」

「あ、うん、そうだね……その年頃の女の子によくある、年長の男の子に対する憧れみたいなものかなと思おうとしたけど、そういえば君は思い込みの激しい、猪突猛進型の性格だった……」

ふうー、と長いため息をつく。

そして父は表情を改め、正面からラヴィを見つめた。

「前もってきちんと言っておかなかった僕が悪かった。あのねラヴィ、シリルさまは貴族で、君は平民だ。まだ難しいかもしれないけど、その二つには、決定的な立場の違いというものがあるんだよ」

「そこはお父さまのお金の力でどうにかしてください」

「なんてことを言うのかな、僕の可愛いお姫さまは」

「地味で見た目の冴えないお父さまが、元貴族で美人のお母さまを妻にすることができたのは、お金がたんまりあったからだって、以前従業員たちが陰でこそこそ話していました」

「その話、後でじっくり聞かせてくれるかい？　いや、それはともかく、僕とミリーの件とはまったく違うんだ。今のご時世、貴族と平民の結婚は特に珍しいものではないけど、一つだけ、絶対に不可能という場合があってね」

「絶対に……不可能？」

嫌な予感でざわざわする。ラヴィは眉を下げ、胸に手を当てた。

父は少しだけ憐れむような目をして、真面目な顔で頷いた。

「貴族の嫡子と平民。このケースについては、両者の結婚は一切許可されない。平民として生まれた人間がその後、貴族籍に入ったとしてもだ。ディルトニア王国の法律で、そう定まっているんだよ」

つまり、今後父親が何かの間違いで爵位を得たとしても、お金を積んでラヴィがどこぞの貴族の養子になったとしても、シリルのお嫁さんになるのは絶望的、ということだ。

──なんてこと。

ラヴィはショックのあまり、手紙を握ったまま倒れてしまった。


ラヴィは生まれてはじめて現実の厳しさと、どうにもならない身分の壁というものに直面して、打ちひしがれた。

この時、父が「妻は無理だけど愛人なら平民でもオッケー」と口にしなかったのは、非常に賢明な判断だった。それを聞いたら、八歳の少女は迷うことなくそちらに目標を定めて突き進んでいただろう。

もちろん、ラヴィとて、シリルのお嫁さんの座をすんなり諦めたわけではない。うんうん考えて様々な案を巡らせては父親に提示した。

「いいことを思いつきました、お父さま！」

「なんだい？」

「お母さまの実家は元貴族だったのだから、わたしも貴族の血が半分流れているということでしょう？　だったらまたその家を復活させたらいいではないですか！」

「いやあのね、一度爵位を返上した貴族はもう復活できないんだよ」

「そこはお金の力でなんとか」

「八歳で賄賂を推奨するのはどうだろう。いや、それでも無理だから」

「じゃあ、じゃあ……あっそうだ、いいことを思いつきました！」

「聞きたくないなあ」

「わたしがどこかの貴族のご落胤ということにすればいいのです。お母さまが昔の恋人との間につくった子で……」

「それは実の父に向かって言うことじゃないね！」

さすがにこのアイディアには、普段は優しい父が怖い顔をした。その後、母にもガミガミとお説教された。しまいには、ラヴィが「あっ、いいことを」と言いかけただけで父は耳を塞ぐようになり、そそくさと逃げるように王都へ出発してしまった。

　ラヴィはしょんぼりした。

シリルのお嫁さんになる夢は、出会って半年も経たないうちに完全に破れてしまった、ということになる。

かといって、今後の交流をやめるという選択肢はラヴィにはなかった。貴族と平民の二人を繋いでいるのは一本の細くて脆い糸であり、こちらが手を離してしまったらもう修復はできないと判っていたからだ。

そんなわけで、ラヴィは泣きべそをかきながら、傷心を押し殺し、シリルへの手紙を書いた。

『しんあいなるシリルさま

しばらくお手紙を書けなくてごめんなさい。とても悲しいことがあったのです。今も■■■できないことを思うと、胸がつぶれそうです。シリルさま、この世は、お金があってもどうしようもないことがたくさんあるのですね。わたしが生まれた時からうちにはお金がたくさんあって、欲しいと言えばたいていのものが手に入ったので、知りませんでした。せけんではそういうのを、「はいきんしゅぎ」と言うのだそうです。とてもみっともなくて、おろかなことだと、お母さまが言っていました。これからは心を入れかえるので、シリルさま、わたしを嫌いにならないでくださいね。たとえ■■■■にならなくても、シリルさまのお友だちでありつづけたいのです。できたら、お友だちの最上位にあるという「しんゆう」の立場になれたらいいなあと願っています。もしもこの先、シリルさまに■■■■■ができたとしても――』

金銭ですべてが解決するわけではないということを知ったラヴィは、ほんのちょっぴり精神的に大人になった。

だが、あちこちが黒々と塗り潰された奇怪な手紙を読んで、至極常識的で真っ当な思考の持ち主であるシリルは大いに戸惑ったらしく、ラヴィの頭の具合を心配する手紙を送り返してきた。

寄宿学校が長期の休暇に入ると、シリルは領地に帰ってくる。

その際には、ラヴィの屋敷にも遊びに来て、何日か滞在することもあった。もちろん護衛をつけてだが、ニコルソン一家はいつも諸手を挙げて彼を歓迎した。

オルコット伯爵がそのことを許可したのは、おそらく「ニコルソン商会」の名が大きく作用したと思われる。

それに、母とラヴィたち姉弟が暮らす屋敷は、こんな田舎では滅多にないくらい立派なものだ。不在がちな父が、大事な妻子に何かあってはいけないと、怪しい人間が近寄らないよう周囲の警備を固め、防犯対策もきっちりしている。これなら息子を行かせてもさほど危険はないと判断されたのだろう。

屋敷に来ると、シリルは親元にいる時よりも少しだけ快活な少年になった。もちろんそこらの悪童と同じような言動はしないし、あまり羽目を外すこともないが、よく話し、よく食べ、よく動いた。

ニコルソン家の自由な家風に影響されて、というのもあるし、ここでは「貴族」の枠に囚われなくてもいいから、という理由もあったのだろう。

ラヴィと野山を駆け回り、幼いアンディの遊び相手になり、父が持ち込む珍しい異国の品々に目を輝かせるところは、いつもの大人びた彼ではなく、十三歳の男の子そのものだった。

それからこれは新しい発見だが、シリルは意外と笑い上戸でもあった。ラヴィのやることなすことをニコニコしながら見守り、時々我慢できずに噴き出して、お腹を抱えて笑っている。

その楽しげな姿が、なによりも眩しかった。

ラヴィはシリルの手を引っ張って、あちこちに連れ回した。近所の友人たちと一緒に遊び、はしゃぎ、時にはイタズラをしたりもした。純然たる貴族子息のシリルは困惑していたようだが、後ろについている護衛は笑いを噛み殺して見て見ぬふりをしてくれた。

子ども同士でゲームをする時には、頭のいいシリルは非常に有能な参謀となり、彼の指示に従うだけでラヴィは仲間内で常勝となった。他の子たちには羨ましがられたが、この相棒役だけは誰にも譲れない。

そんな時、最も役に立ったのは、シリルが教えてくれた「合図」だ。

——足で地面を二回叩いたら「警戒せよ」、手で肩を二回叩いたら「動いてよし」。

これは遊ぶ時だけでなく、屋敷内でこっそりやり取りする時も大いに活用された。メイドの目を盗んでおやつをつまみ食いした時は、二人揃って母に叱られたが。

自分たちにしか判らないこと、共有できることがあるというのは、胸がいっぱいになるくらい嬉しいことだった。

他にもそういうものをたくさん作りたくて、ラヴィはとっておきの場所にシリルを連れていった。

町が遠くまで見渡せる高台のことは、父にも母にも教えていない。

そこに立って景色を眺めると、シリルは感嘆するような声を上げた。

「わあ……どこもきちんと整備されていて見事だね。それに安全で、活気がある。ラヴィや他の人たちの顔を見ていると、この地がいかによく治められているかということが判るよ」

「ここの領主さまは、とても公正な方なのですって。お父さまともお付き合いがあって、その人柄をよく知っているから、ここにお屋敷を構えることを決めたんだそうです。でも、シリルさまのお父さまも、良い領主さまでいらっしゃるのでしょう？」

　その問いに、シリルはちょっとだけ苦笑いを浮かべた。

「そうだね。父は厳しいけれど、領民に対して無慈悲なことをする方ではないから。ただ、少しプライドが高すぎるのが困った点かな」

　ラヴィはきょとんとした。

　プライド、というのがどういうものなのかよく判らなかったからだ。しかし、シリルの顔つきを見て、あまりいい意味ではないらしいことだけは理解した。

「ちょっと自分の意見に固執しすぎるというか……もっと人の助言に耳を貸したらいいんじゃないかと思うんだけど、母上と僕は父にとって庇護の対象でしかないようだし――ああ、ごめんね、なんでもない」

　遠くに目をやり、独り言のように呟いていたシリルは、ラヴィのぽかんとした表情に気づいて謝った。

「シリルさま」

「うん？」

「お父さまが、以前、『人のすることに対してただ悪く言うだけでは何も成長しない。何がどう悪いのか、どうしたら良くなるか、自分ならどうするかを考えなさい』と言ってました。シリルさまは、お父上さまの良いところと、あまり良くないところをきちんと判って、どうしたらいいかを考えているのですよね？　でしたら将来、シリルさまはきっとご立派な領主さまになられますよ」

　シリルの将来がすでに決まっていることを、今のラヴィはもう知っている。寄宿学校卒業後は騎士ではなく、領主となるための勉強に費やさねばならない、ということも。

　ラヴィが考えるほど領地を治めるというのは簡単なことではないだろうが、それでもシリルはその言葉に、柔らかく目を細めて微笑んだ。

「うん、そうだね。どこに問題があるか判っているなら、僕がそれを解決したり変えていったりすればいい。この地のように、領民が安心して暮らせるよう、頑張るよ」

　真面目なシリルは、続けて「そのためにも今はいろいろな本を読んで、なるべく多くの人の意見を聞き、できれば外国も見てみたい」と未来の夢と意気込みを語った。

「ラヴィは、将来どうしたいという希望はあるの？」

　すでに将来の第一希望が叶わないことを知ってしまったラヴィに、なかなか酷なことを訊ねてくる。ラヴィは「うーん……」と曖昧に言葉を濁してから、パッと閃いた。

「いいことを思いつきました、シリルさま！」

「ラヴィの『いいこと』には、とりあえず反対してくれって君のお父上に言われているんだけど……何かな？」

「わたしもこれからたくさんお勉強します！　うんと偉くなって、王城でお仕事をするようになりたいです」

「そうか、ラヴィは文官志望なの？　平民女性にはかなり狭き門だけど、ラヴィならなれるかもしれないね」

「はい！　そしていつかは、この国の法を変えてやるのです！」

シリルのお嫁さんになるのが無理だと決められているのなら、そのくだらない法律のほうを撤廃してやればいいのである。つまり障害を乗り越えるのではなく、消滅させるのだ。

なんという名案だろうとラヴィは有頂天になった。

「それはずいぶん大きな野望だね」

「はい！　それまで待っていてくださいね、シリルさま！」

「うん、楽しみにしてるよ」

法改正をするまで結婚するのを待っていて、と無茶なことを言われたとは想像もしないシリルは、拳を固めて決意表明をする少女に、微笑ましそうな顔をして頷いた。

ラヴィは八歳の時にシリルと出会い、それから二年の間、文通をしたり、時に顔を合わせて遊んだりして、平和で穏やかな子ども時代を過ごした。

貴族子息のシリルは、相手が平民であるにもかかわらず、ラヴィと対等の立場で友情を育んでくれた。たまに無鉄砲なところもあるラヴィを心配し、世話を焼き、時に窘めつつ、けれど大事なところはきちんと尊重する。

それは非常に稀有なことなのだと両親に言われ、ラヴィはますます彼のことが好きになった。

一人っ子のシリルにとって、ラヴィとアンディは本当に妹や弟のようなものだったのかもしれない。しかしその性質は、顔や頭の良さよりもずっと、彼の美点であるに違いなかった。

シリルがラヴィに向ける眼差しは、いつも一貫して温かく、優しかった。

彼と一緒に笑い合う時、ラヴィは本当に幸せだった。こんな時間が永遠に続けばいいのにと、毎回のように願った。

——しかし、その願いもまた、叶わなかった。

転機が訪れたのは、ラヴィが十歳、シリルが十五歳の冬のこと。

シリルの父親が、亡くなった。

その死を契機に、一人の少年の運命は大きく変わることになる。

まだ冬のはじめだというのに、ひどく冷たい風が吹く、寒い日だった。

急な気温の変化で体調を崩してしまった母を気遣い、暖炉に薪をくべてガンガン燃やすことに専念していたラヴィは、前触れもなく帰ってきた父親の姿を見てびっくりした。

「どうしたのですか、お父さま。王都のお仕事が忙しいのではなかったの？」

母親が熱を出すのは、あまり珍しいことではない。彼女が寝込むたびに父を呼びつけていては、休む間もなく屋敷と王都の遠距離を往復させることになる。だから今回も、もう少し様子を見てからにしようと思って、何も知らせは出していなかった。

「これが愛の力というやつですか。いやですね、そうやってシリルさまへの恋心を抱き続ける娘に夫婦の絆を見せつけて。でも、本当に今回はそんなに大したことにはならないと思いますよ。今朝、お医者さまにも診ていただいて――」

父の不在が多く、病気がちな母、幼い弟と暮らすラヴィは、十歳にして医師の手配も慣れたものだ。母が伏せっている間、あれこれ采配を振る人間が他にいなければ、メイドたちだって困ってしまう。

が、きびきびとした口調でそこまで説明してから、ラヴィは父の表情に気づき口を閉じた。

「ラヴィ」

分厚い外套を脱ぎもせず、父親は真面目な顔でじっとこちらを見つめている。あまり聞いたことのないその低い声と、真剣な面持ち、そして隠しきれない瞳の暗さに、心臓がどくどくと大きく脈打った。

無意識に両手を握り合わせる。

――何かよくないことが起きたのだ、と一瞬で悟った。

ここ最近のラヴィが最も恐れる「よくないこと」は、身体の弱い母が病をこじらせ、そのまま天に召されてしまうことだ。

それに比べれば、何があろうと別に大したことではないと思っていた。母がいなくなってしまう以上に、恐ろしく悲しいことなんてない。他に小さな「不幸」があっても、そんなものは笑って吹き飛ばしてしまえばいいと。

でも、違うのだ。不幸に大小などなく、比較できるものでもなく、恐ろしくて悲しいことに変わりはない。こちらが重くてこちらが軽く、だから平気だなんてことはまったくない。

そしてそれはいつも唐突に、かつ一方的に襲いかかってきて、人々を悲嘆の渦に巻き込んでいくものなのだ。

「……ラヴィ、よく聞いて。オルコット伯爵が亡くなった。財産をあらかた失って、自分で命を絶ったらしい。隣の領地は人手に渡り、屋敷も手放さなければならないそうだ」

父の声をやけに遠くに感じながら、血の気の引いたラヴィはただ、その場に立ち尽くすことしかできなかった。

伯爵が亡くなったというのに、その葬儀は非常にひっそりとしたものであったらしい。

参列したのは伯爵の妻、そして知らせを受け寄宿学校から急いで戻ってきた一人息子のシリル、それから数少ない親類、知人のみ。

おそらく、亡きオルコット伯爵の財産がほぼ無に近かった、という理由が大きかったのだろう。いやそれどころか、彼は莫大な負債を残していったようで、誰もが距離を置くことを選んだのだ。

伯爵が健在だった頃は、彼におもねり、腰を低くして群がっていた人々は、潮が引くようにしていなくなった。どんなに親しくしていても、旨味がなくなれば離れていく、それが貴族というものらしかった。

葬儀の際、うち萎れる妻子に声をかける人は、誰もいなかったという。

ラヴィの父がその話を聞いたのは、すべてが終わってからだった。すぐに王都を出発し、お悔やみを述べたいと使者を送ったが、あちらから断られてしまったそうだ。

「オルコット伯爵は投資に失敗したそうでね……資金繰りのために、他の貴族を頼ったらしいんだが、それがあまりタチのよくない人物だったようで、利子が嵩んで余計に借金が膨らんだ。どうにも首が回らなくなり、このままでは爵位も領地も維持できなくなると、追い詰められてしまったんだろう。……こちらに相談してくれていたら、いくらでも力になったんだけどもね。平民の商人から金を借りるのは、伯爵にはどうしても許せなかったんだろうねえ」

プライドが高く、自分の意見に固執して、人の助言にはあまり耳を貸さない。

二年前、シリルが不安視していたその部分を、オルコット伯爵は結局、直すことも変えることもできなかったのだ。

昔はともかく、現在では、商人から借金をする貴族なんて珍しくもない。オルコット伯爵は平民を見下すことはしないけれど、かといって頭を下げることはどうしてもできない、という人物だった。

その結果、破滅し、自らの命を投げ出した。

妻と子を置いて。

「そ、それで……シリルさまと、お母上さまは……？」

震える声で訊ねると、父は沈痛な顔つきで首を横に振った。

「お気の毒だけど、貴族にとってこれはれっきとした醜聞だからね、伯爵の周囲は躍起になってこの件を外に漏れないよう隠すしかない。いろいろな噂は出回るだろうが、それも正確なものとは程遠いだろう。今後お二人がどうされるかは、ご本人たちにしか判らない、ということだよ」

はっきりしているのは、伯爵という頼れる大木を失った二人を待ち受けているのは苦難の道のりでしかない、ということだけだ。

領地を失った彼らにはもう収入を得る手立てがなく、現在の屋敷に住み続けることもできない。残った資産があればそちらを運用して生活していくことが可能だろうが、借金があったということはそれも見込めないだろう。昨日まで当たり前だった暮らしがガラリと変わるのだ。今まで使用人任せだった何もかもを自分の手でしなければならなくなった時、彼らはどれほど途方に暮れることか。

没落した貴族の悲惨な末路については、母から聞いてよく知っている。

しかし父の訪問を断ったということは、こちらからの援助も介入も断るという意思表示に他ならなかった。平民のほうから貴族に手を差し伸べることは許されず、だとしたら父にできることはもう何もない。

もちろん、ラヴィにも。

父はその厳しい現実を、自らの口で伝えるために帰ってきたのだろう。

沈黙の落ちる居間の中で、寒風が窓を叩く音と、暖炉で燃える炎の立てる音だけが、かすかに響いていた。

それからラヴィは、鬱々として日々を過ごした。

本当なら今頃は、もうすぐやって来る長期休みのことを考えて、わくわくしながら指折り数えているはずだった。こちらに顔を見せるたび、どんどん凛々しくなっていくシリルに会えるのを、今か今かと楽しみに待っているはずだったのに。

すっかり塞ぎ込んで無口になったラヴィを、屋敷のみんなは腫れ物に触るように扱った。

母親もこれはおちおち休んでいられないと思ったのか、ベッドから出て、こちらを気遣っている。四歳のアンディさえ、姉のことを心配して、よく顔を覗き込んできた。

彼らに悪いなとは思いつつ、それでもラヴィはどんよりと落ち込んだままだった。

シリルはちゃんとご飯を食べているだろうか、寝られているだろうかと考えると、ご馳走を前にしても、ふかふかのベッドに潜っても、どうしようもなく罪悪感が湧いてくる。

近頃のラヴィは食事もあまり喉を通らず、屋敷の庭でぼうっとしていることが多くなった。

冷たい風に吹かれながら、じっと自分の小さな手を見る。

神さまがいるのなら、お願いだからシリルにこれ以上の試練を与えないでほしい。もうお嫁さんになれなくてもいいから。我が儘は言わないようにするから。甘いお菓子だって我慢するから。

——どうかシリルさまが、またあの笑顔を取り戻せますように。

今までさんざんつれない態度だったのだから、一つくらいはわたしのお願いを叶えてくれたっていいんじゃないでしょうか。

限りなく文句に近いラヴィのその祈りを、神さまはほんの少しだけ、聞き届けてくれたらしい。

「……ラヴィ」

どこからか、名を呼ばれた。

今この時、もしかしたらこれから先も、聞くことはないかもしれないと思っていた声だ。

信じられない思いでラヴィがパッと振り向くと、そこにはずっと自分が頭に浮かべていた人が立っていた。

前回会った時よりもぐんと背が伸び、精悍な顔立ちになったシリルは、まるで人目を避けるかのような地味なマント姿だった。

この庭で、彼とよく遊んだ。花の名前を教わり、虫を見つけて騒ぎ、ぽかぽかと暖かい陽射しを浴びながら一緒にお茶を飲んだりもした。二人でお喋りし、笑い合った。

現在、その庭の木は枝ばかりになり、花も咲いていない。近くの四阿にはかさかさの枯れ葉が舞っている。冷たい風が吹きすさぶだけの、色を失くした寂しい風景の中で、彼もまた白っぽい顔をしていた。

「シ、シリルさま……！」

あっという間に、ラヴィの顔はみっともないくらい涙でぐしゃぐしゃになった。今度会う時は、お稽古にお稽古を重ねたレディの挨拶を見事に披露してシリルを驚かせ、称賛を浴びようと画策していたのに、何もかも台無しだ。

すぐさま駆け寄って、マントにしがみつく。突然目の前に現れたシリルは幻ではなく、ちゃんと実体があった。

「いきなり来てごめん。ニコルソン家の門番は優しいね。なんの知らせも出していなかったのに、咎めもせず僕を通してくれたよ」

それはそうだ。何度もここに来たシリルのことは、屋敷の全員が知っている。誰に対しても分け隔てない態度で接する彼は、みんなから慕われていた。まだ十五歳の少年を襲った不幸についても、それによってラヴィが意気消沈していることも知っている。

だからこそ門番は何も訊ねることなくシリルを中に招き入れ、メイドたちはすぐさまラヴィのもとへと案内してくれたのだ。

「手紙も出せなくてごめん」

シリルの言葉に、ラヴィは無言でぶんぶんと首を横に振った。

きっと、それどころではなかったのだろう。ラヴィは何度か手紙を送ったが、それはすべてそのまま戻されてしまった。旧オルコット邸には、もう誰も住んでいないからと、そう言われて。

伯爵が亡くなってからの一月ほど、オルコット母子はどこでどう過ごしていたのか、想像するだけで胸が痛くなる。

「何があったのかは、もう聞いている？」

その問いに、こくんと頷く。

そう、と短く返事をするシリルの表情には、明らかに疲労が滲んでいた。いや、憔悴しきっていた。顔色が悪く、頬もこけている。

十五歳の少年が、すべてを失い、屋敷からも領地からも追い出され、たくさんのものを背負って、たった一人で母を守っていたのだ。今の彼は、以前あった潑溂とした生気が抜け落ち、代わりに虚脱した雰囲気に覆われて、一気に年を取ってしまったようだった。

「僕らはこれから、母上の実家に行くことになった。とても遠いところで、もうラヴィとも会うことはないと思う。だから最後に、無理を言ってここに寄ってもらったんだ。せめてお別れを言いたくて」

市井に下るのなら、父が今後について何かと手を回すこともできただろうが、二人はその道を選ばなかったということだ。ラヴィの母親も似たような境遇だったが、あの伯爵夫人にそれは無理だろう、と実家を含めた周囲の判断があったのかもしれない。

シリルの口からは具体的な地名は一切出てこなかった。それは止められているか、自分の意思で黙っているかの、どちらかだろう。

これから彼がどこへ行き、どのように暮らすのか、まったく判らない。連絡も取りようがない。彼のほうも、もうここへは二度と来る気がない。

それはラヴィにとって、シリルという存在が失われるというのと同じだ。

「……っ」

ラヴィはぐっと拳を固く握りしめた。

「わ、わ、わたしに、なにか、できることはありますか」

お嫁さんにはなれなくても、ずっと好きだった。親友ではないとしても、かけがえのない友人だった。大事なその人が、苦難のあまり笑うことも忘れ、それでも最後に別れを告げに来てくれたというのに、ラヴィはただ棒のように突っ立っていることしかできない。

「おっ、お金は、シリルさまの助けに、なりますか。わたしが貯めていたお小遣いのぜんぶをあげたら、少しは、役に立ちますか」

涙も慰めもシリルにとってなんの意味もないのなら、せめて少しでも今後の足しになるものを渡したい。そう思いながら言うと、シリルは首を振り、「いいんだ」と静かに断った。

「そのお小遣いは、ラヴィの将来のために大切に取っておいて。父はお金で身を滅ぼした。それは人を生かしも殺しもする。簡単に人にあげたり貸したりしてはだめだよ」

そう言うシリルの顔は、まるで面を被ったかのように表情がなかった。笑うことどころか、泣くことさえ忘れてしまったかのようだった。

「シリルさま……」

「大丈夫、大丈夫だよ。父は悪い人に騙されて何もかもを失った。僕までが道を踏み外すわけにはいかない。母上は泣くばかりだから、せめて僕がしっかりしないと……だから大丈夫」

無表情のまま、自分に言い聞かすように「大丈夫」と何度も呟く姿は、あまりにも痛々しい。

ラヴィの涙腺は再び決壊した。

「う……うわああん！　シ、シリルさま、どこのどいつですか、その悪いやつは！　わたしが、このラヴィがっ、絶対にこの手でやっつけてやります！　二年前、シリルさまに助けてもらったお返しに、今度はわたしがシリルさまを助けてあげますからあっ！」

わんわんと大声で泣き出したラヴィに、シリルはぽかんとして目を瞬いた。

その勢いと台詞の内容に呆気にとられたせいか、その表情と瞳から思い詰めたような翳りが消えた。

「――ラヴィ」

「そ、そうです、いいことを思いつきました！　お父さまの商会を乗っ取って、秘密組織を立ち上げるのです！　そして怖い人をいっぱい雇って、わたしが頭目となり、シリルさまに代わって悪人を懲らしめてやります！」

「……ふふっ」

涙でべしょべしょになりながら、ろくでもない誓いを立てるラヴィに、シリルが思わずというように噴き出した。

それから、ぴたっと動きを止めた。自分がまだ笑えるということに驚いたような顔をして、口に手をやる。

くしゃりと目元を崩し、ようやく、十五歳の少年らしい情けない泣き顔になった。

「ありがとう、ラヴィ。でもいいんだ、君はそんなことを考えないで。ラヴィは今のラヴィのままでいてほしい」

そう言って、そっと指先でラヴィの涙を拭った。こちらに向ける眼差しに、いつもの温かく優しい光が戻っていた。

「――元気でね」

最後に、彼らしい微笑みを浮かべながらそう言って、シリルは去っていった。

第二章　再会、断絶、くすぶる恋情

「――そういうわけで、わたしの初恋は美しくも悲劇的な幕切れを迎えたのです」

　せっせと櫛で金色の髪を梳きながらしんみり語ると、その髪の持ち主であるクレアは読んでいた本をぱたんと閉じて、呆れたように鏡の中のラヴィと目を合わせた。

「あのね夏鳥、その話、わたくしはもうすでに何十回も聞かされているのよ」

「何度聞いても飽きないでしょう？」

「だいぶ飽きたわ。もっと刺激的な楽しい話はないの？　演劇になるような」

「シリルさまとの出会いから別れまで、即興の一人芝居で演じてごらんにいれましょうか？」

「いやだわ、それはそれで怖いわ」

　引き攣った顔で、クレアは首を振った。

　彼女はラヴィの母と同じく身体が弱い。少し無理をすると激しく咳き込んだり、熱を出したり、ひどい時には呼吸困難を起こしたりもする。だから観劇なども行ったことがなく、部屋の中で本を読んで過ごすことが多いため、大体いつも娯楽に飢えているのだ。

「クレアさまを楽しませるのも、わたしの役目のうちですからね」

ラヴィは十五歳になってから、下級貴族の屋敷で行儀見習いとして働き始めた。いつまでも落ち着かない娘を心配した父親に、社会勉強だと強引に決められてしまったのである。

もともと病弱だった母は、ラヴィが十三の時にとうとう天国へ旅立ってしまった。

その後ラヴィとアンディは王都の屋敷に引っ越したのだが、ただでさえ多忙な父が、自分だけで姉弟をきちんと育てられるのか不安に思った、というのもあるのだろう。

商人である父の才覚を引き継いだラヴィは、目端の利くしっかり者に成長した。最初は下働きだったこの男爵家での仕事も、一年以上経過した現在では、娘のクレアの世話を任されるまでになっている。

クレアはラヴィの二歳上だ。病がちな彼女を見ていると、どうしても母親のことを思い出す。だからラヴィは裏表なく献身的に、せっせと面倒を見た。そんなラヴィをクレアのほうも信用し、姉のように、または友人のように接してくれているのだった。

ちなみに「夏鳥」とは、クレアがラヴィにつけた愛称である。

「それで、シリルさまのその後の消息は判らないままなの？」

クレアの問いに、ラヴィは櫛を持つ手を動かしながら頷いた。

「そうなのです。きっと今頃は、神々しいまでの美丈夫におなりでしょうねえ」

「でも、調べようと思えば調べられるでしょう？」

「まあ、そうですね」

シリルは母親の実家に身を寄せると言っていたのだし、オルコット伯爵夫人のことを調べるのは、実はそれほど難しくはない。

　ましてやラヴィの父は、情報が命と言ってもいい商人なのだ。彼が本格的に動けば、シリルがどこに住んでいるのかくらいはすぐに掴めただろう。

「……でも、シリルさまはきっと、それを望んでおられないでしょうから」

　わざわざラヴィに別れを告げに来たのは、これから新しい人生を歩む彼が、それまでの過去と決別する必要があったためだろう。埋めようとしたその「過去」の中に、ラヴィとの思い出が含まれていたのなら、それを無理にほじくり返す必要はない。

　もちろんそんな風に考えられるようになるまで、長い時間がかかった。時々発作のように突き上げてくる「シリルさまに会いたい」という衝動を抑え込むのは、毎回ものすごく大変だった。

　しかしそれも、三日に一回、十日に一回、一月に一回と、徐々に間隔を空けていき、なんとかラヴィは、シリルの覚悟を自分も受け入れよう、というところに落ち着いたのだ。

「おかげで今は、シリルさま捜しの旅に出ようと荷物をまとめることが、年一回くらいまでに減りました」

「未練タラタラじゃないの」

黙っていれば繊細な美少女なのに、中身は結構な毒舌家であるクレアは、ばっさりとそう言った。

それから、窺うように少し目を上げる。

「……夏鳥が知りたいと思うなら、わたくし、協力してもよくてよ」

ラヴィは一度ぱちりと目を瞬いてから、ニコッと笑った。

「よろしいのですよ、クレアさま。たとえばシリルさまの現在が判ったとしても、だからといって、わたしにできることは何もありませんから」

貴族と平民の違いについて、もう子どもではないラヴィはきちんと理解しているつもりだ。

もしもあのまま何事もなく伯爵が健在でいたとしても、いずれラヴィはシリルと距離を置かなければならなかった。

十歳のあの時と同じで、ラヴィの手は小さいままなのだ。

「さあ、おぐしを整え終わりましたよ。次はお薬を飲んでくださいね」

わざと陽気な声を出して、クレアを鏡台の前からテーブルへと促す。

そこに置いてあるグラスに入った、少量のどろりとした赤黒い液体を目にして、クレアはうんざりしたように眉を寄せた。

「いつものことだけど、これを見ると憂鬱になるわ」

「見た目からして、美味しくなさそうですものねえ」

「美味しくないどころじゃないの。まるで本当に血を飲んでいるかのような不快さがあるのよ。匂いもきついし、喉越しも最悪だし」

　実際、この液体は「竜の血」と呼ばれているらしい。もちろん本物の竜ではなく、「竜の樹」という名の樹木から採られるものだからだ。

　竜の樹は、太い幹がぐねぐねとうねるように伸びる樹木で、外見が空想上の生き物の竜に似ているところからその名がつけられた。幹に傷をつけると、そこからは赤い血のような汁が滴るというのだから、なおさら本物じみている。

　しかし、その不気味な赤い樹液は、特定の症状に対して非常に有効な薬になるという。

「ずいぶん貴重なものらしいですね」

「そうなの。『竜の樹』というのは、特殊な環境下でしか育たないんですって。苗を他の場所に運んで植えてもすぐ枯れてしまうから、とても数が少ないの。だからこのお薬も、かなり高価なのよ。負担ばかりかけて、お父さまには本当に申し訳ないと思っているのだけど……」

　クレアは細い肩をすぼめて目を伏せた。

「竜の血」は高価な上に手に入りづらく、クレアの父である男爵は娘のために毎回大変な苦労をして取り寄せているそうだ。クレアがこれを見るたび「憂鬱になる」と言うのは、なにも味が不満だからというわけではなく、父への罪悪感と、身体の弱い自分に対する自己嫌悪に苛まれるからなのだろう。

「なにをおっしゃってるんですか。もしも母の病気に特効薬があったなら、わたしも父も、なんとしてでもそれを手に入れていましたよ。大事な人にはいつでも元気でいてほしい、笑っていてほしい。それは当たり前の感情であって、負担でもなんでもありません。それなのにその大事な人がしょんぼりしていたのでは、本末転倒でしょう？　男爵さまの愛情には、クレアさまの健康と笑顔で返すのがいちばんです」

ラヴィがきっぱり断言すると、クレアは「夏鳥の単純明快な思考が羨ましい」と皮肉を言いつつも、やんわりと目元を和らげた。

「ニコルソン商会でも取り扱えればいいのですけどねえ」

「あら、薬関係は扱いが難しいわよ。特に『竜の血』は流通ルートが限定的なの。いくらニコルソン商会が大手でも、途中参入はできないと思うわ」

「お詳しいのですね」

「そりゃあ、自分の身体の中に入れるものだもの、頑張って調べたのよ。あのね、実は『竜の樹』によく似た樹木があって、その樹液にも似たような効能があるらしいの。でもそちらは……」

それから続けられた長い蘊蓄を、ラヴィは感心しながら拝聴した。竜の樹はディルトニア王国からずっと離れた遠い地でしか生育していないのに、ここまで勉強するのは相当な努力が必要だったはずだ。

しかし、クレアの話を聞いて、確かに自分の身体の中に入れるものに対して慎重になるのは当然かもしれないな、とラヴィは思った。利を得るのも、害を被るのも、どちらも自分自身なのだから。

「――毒と薬は紙一重、ということですねぇ」

「そうよ。夏鳥も気をつけなさい」

「わたしは父に似て頑丈なので」

「薬に限ったことじゃないのよ。あなたはよく気が回って行動も素早いけれど、たまに早合点で突っ走るところがあるから、きちんと事の善し悪しを見極めてから動きなさいと言っているの」

姉が妹を叱るようにクレアが滔々と説教を始めたところで、部屋の扉がノックされた。

「クレアお嬢さま、ハロルドさまがいらっしゃいましたが」

その言葉に、クレアが「あら」とぽっと頬を染める。ラヴィは微笑んで、薬の入ったグラスを差し出した。

「クレアさまに元気で笑っていてほしい方が、もうお一人いらっしゃいましたね。さあ、早くお薬を飲んで、お迎えしなければ」

「……判ったわよ」

クレアは拗ねたように唇を突き出して、グラスを持った。

「あとで、口直しに美味しいお茶を淹れてちょうだいね」

「もちろん。甘いお菓子も、ちゃーんとお二人分、ご用意しますよ」

ハロルドさまがいらっしゃる時は、空気だけでも甘いですけどねえ、とからかうように付け加えると、顔を赤くしたクレアが「いやな夏鳥」とそっぽを向いた。

シンプソン子爵家の嫡男であるハロルドは、クレアの婚約者である。しかも、自分では子爵夫人の役割が満足に果たせないかもしれないから、と渋る彼女を熱烈に口説き倒して承諾を取りつけたくらい、ぞっこんに惚れ込んでいる。

竜の血のおかげで寝込むことが少なくなってきたクレアは、一年後、正式にハロルドのもとに嫁入りする予定だ。

そしてそれと同時に、ラヴィも行儀見習いを終え、男爵家を辞める。クレアは残念がってくれたが、そもそも最初から期間限定と決まっていたので仕方ない。

――シリルさまも、今頃は婚約者がいるか、すでに結婚しているんだろうなあ。

いそいそと部屋を出るクレアに従いながら、ラヴィは心の中で呟いた。

「クレアさまの花嫁姿は、本当にお綺麗だったわ……」

ガタゴトと揺れる馬車の中で、窓から外を眺めながらラヴィが呟くと、向かいに座っている父親が「また思い出しているのかい？」と少々呆れ気味に訊ねてきた。

「結婚式が行われたのは三月も前のことなのに」

「あらお父さま、美しいものや素晴らしいものは、何度思い返してもうっとりしてしまうものですよ」

「それにしたって、今じゃなくても。せっかくはじめての王城なんだから、そちらに感嘆したり、うっとりしたりすればいいんじゃないかな」

「ええまあ、確かに大きくて立派ですね」

「雑な感想！」

窓を覗けば、その小さな枠内にはとても収まりきらない壮麗な建物が、前方に見えてきている。

ディルトニア王国が誇る、巨大な王城だ。

王族が暮らし、政の中心でもあるこの城は、当然のことながら国で最も堅固、かつ警備も厳重なことでよく知られており、敷地内に立ち入れる人間も限られる。

「平民の商人が大手を振って王城の門を通れるとは、時代も変わりましたね」

「そうだねえ。ここ数年、力を持った平民がどんどん台頭してきたから、貴族のほうも無視できなくなった、という事情も大きいかな。それに加えて、今の国王陛下は寛大なお方だから」

もちろん、王城が門戸を開くのは、平民の中でもごく一部である。つまり、力がありお金もある、という者だけだ。

ディルトニア王国では近年、貴族の権威が衰え始めており、上流階級でも窮乏することは珍しくない。そんな時、彼らが金を借りるのは裕福な商人だ。貴族たちは、昔ほど平民に対して大きな顔ができなくなった。

「ニコルソン商会もすっかり大きくなってしまいましたものね」

ラヴィは父親のほうに向き直り、他人事のように言った。

乙女心が判らず、幼い頃のラヴィが「こんなことではすぐに商会を潰してしまうのではないか」と心配していた父親は、どこか頼りない風貌で商売敵を欺きつつ客の信用を得て、スルスルと世渡りしながら、いつの間にか王都で知らぬ者はないという大商人にまでのし上がった。現在の父だったら、さすがにシリルの両親も頼ってくれていたのではないかと思うと、残念でならない。

今では「ニコルソン商会」の品は平民・貴族どこの家庭でも必ず一つはあると言われており、こうして王城に出入りすることが許されるまでになっている。

叙爵の話もあったが、上手いこと言い訳して断ってしまったそうだ。貴族になると、それはそれでいろいろと面倒事が多いらしい。

「あんまり大きくしすぎると、跡を継ぐアンディが大変でしょうに」

「大丈夫だよ、あの子は僕よりもずっと賢くて、ラヴィよりもずっと現実的だからね」

「どういう意味ですか」

クレアのいる男爵家での行儀見習いを終え、家業を手伝うようになったラヴィは、もはや立派な一人前のレディである。いつまでも子どもの頃のような、世間知らずの箱入り娘と思われては心外だ。

「いや、ラヴィも十七歳だし、そろそろクレアさまのように、結婚のことを考えてもいい頃かなあ、って」

「…………」

ラヴィはそれには返事をせず、再び窓の外に視線を戻した。

最近の父親が、しきりとそれについて話を振ってくることに、少しうんざりする気分もあった。こうしてラヴィを王城での商談に同行させることにしたのも、「ラヴィにお城の絢爛さを見せてあげたい」という表向きの理由とは別に、あわよくば城勤めの文官にでも見初められないかな、と父が考えていることだって、ちゃんとお見通しだ。

だからこそ、はじめての王城だって心から楽しめないのではないか。

――文官か。

外の景色を見ながら、ラヴィは心の中で呟いた。

いつぞや、シリルに対して「王城で仕事をする」と宣言したことを思い出す。平民が貴族の嫡子と結婚できるように法律を変えよう、と張りきっていたが、その夢はシリルの運命が大きく変わると同時に、急激に萎んで消えてしまった。

今のラヴィは、ニコルソン商会の会長の娘であるとともに、一人の従業員という立場でもある。

商品について学び、接客をすることもあるが、跡を継ぐのは弟のアンディと決まっている。少々中途半端な位置にいるラヴィに早くいい嫁ぎ先を見つけたい、というのは彼の親心なのだろう。

幸い、儚げな美貌の持ち主であった母親のほうに似たラヴィには、十七歳になった現在、いくつもの縁談が持ち込まれていた。それらを片っ端から蹴飛ばしている娘の将来を、父が案じてしまうのも無理はない。

……それでも、ラヴィは未だ踏ん切りがつかない。

あのような成り行きでシリルと別れることになって、ラヴィの恋心は大きくなることはなくとも小さくなりもせず、時間を止めたまま同じ形を保って心の中に残っている。

これを捨てるか埋めるかしないうちは、誰に対してもきちんと向き合えないような気がするからだ。

結婚をしたいとは思えず、かといって他に情熱を持てるものもない。今のラヴィは、行く先を見失ってふらふらと空を彷徨う鳥のようだ。着地する場所がないから、仕方なくなんとか羽ばたいているだけの。

せめて何かきっかけがあればいいのだけど、と考えるラヴィを乗せて、馬車はどんどん王城へと近づいていった。


いくら王城への出入りができるようになったとはいえ、父の商談の相手は王族や高位貴族ではない。おもに城で使われる食器類や各種文具など、細々とした備品を購入してもらうのが目的だ。

しかし取り引きする量が多いからまとまった金額になるし、箔もつくので、王城での商売はメリットが大きい。交渉相手である文官はほとんどが貴族なので、基本的に居丈高な上、やたらと買い叩かれるのが困ったところではあるが。

煌びやかな王城内の、地味で事務的な一室で、商談は行われた。ラヴィは眺めていただけだが、父はお得意の人の好さそうな笑顔と、のらくらした態度と、適当なお世辞と、たまに皮肉な切り返しを織り交ぜた駆け引きで、なんとか成約にまで持ち込んだ。見事なものである。

それでもやはり緊張はしていたのか、その部屋を出ると、ようやく二人してホッとした顔になった。

「僕はこれからもう少しご挨拶に回らなければならないんだ。ラヴィはどうする？　一緒に来てもいいけど、せっかくだから王城を見物していくかい？」

ラヴィは喜んでその提案に乗ることにした。商談の最中、父の後ろに立ってずっとニコニコし続けていたので、肉体も表情筋もクタクタだ。

「それなら、王立騎士団を見にいくといいよ。今日はちょうど月に一度の公開演習の日のはずだし、他に見学の人もたくさんいるのではないかな」

「王立騎士団、ですか」

噂で聞いたことがあるわ、とラヴィは思った。

貴族の子息だけで構成された少数精鋭の王立騎士団の面々は、見目麗しい男性ばかりを揃えているため、特に若い女性に大人気なのだとか。

「そうですね、行ってみます」

正直なところ、筋肉ムキムキのむさ苦しい男所帯にさして興味があるわけではないのだが、アンディへの土産話にはなりそうだと思って、頷いた。

見渡す限り貴族ばかりの王城で、取り立てて他に見たいものがあるわけでもない。ラヴィはつんと取り澄まして静かで堅苦しい城よりも、市井の賑やかで自由闊達な空気のほうが好きだった。

「じゃあ後で迎えに行くよ。敷地が広いから迷わないようにね」

父に場所を教えてもらい、騎士団の演習場に向かうと、そこにはすでに多くの見学の人たちがいた。

騎士たちの家族や恋人たちなのだろうか、鉄柵を隔てて演習の様子を眺めているのは、圧倒的に女性が多かった。つばの広い帽子を被っていたり、小さなパラソルを差したりして、きゃっきゃと浮かれながらお喋りしている十代の女の子の集団もいる。騎士の愛好者、ということかもしれない。

そのグループの隣の隙間に入って鉄柵の内側の演習場を見ると、百人ほどの騎士たちが整然と並んでいた。

騎士服を身につけ、腰に剣を佩いて、きりりとまっすぐ立つ姿は、確かに目を引く。

「第一隊はみなさま美麗な方ばかりで」

「あら、わたくしは第二隊のほうが素敵だと」

「第三隊の方々は男らしい顔立ちの方が多いわよね」

耳に入ってくるご令嬢がたの会話に、ラヴィはふむふむと内心で相槌を打った。どうやら騎士団は、隊ごとに女性たちによるランク付けがされているらしい。彼女らの評価基準は騎士としての技術ではなく、顔面のほうに重きが置かれているようだが。

「わたくしはニコラスさまがいちばんだと」

「でしたらイアンさまのほうが」

「いえ、大人の魅力といったらやっぱり」

彼女らは騎士と思しき名前をいくつも挙げて、「誰が最もカッコイイか」という話に熱中していた。こういうところは平民でも貴族でも変わりないのね、と思いながら、ラヴィは一糸乱れぬ動きをする騎士団をぼんやりと眺めた。

「エイブルさまとティモシーさまとバーナードさまには、もう婚約者がいらっしゃるのですって」

それにしても詳しいですね、お嬢さまがた。

「あらっ、みなさまご覧になって、『冬狼』の君だわ！」

そんな愛称までつけられているのかあ。

「まあ、相変わらずクールなお顔。誰も笑顔を見たことがない、という話は本当みたいねえ」

「先日、カミラさまが勇気を振り絞ってお声をかけたら、冷たい一瞥だけで無視されたそうよ」

「だって『孤高の冬狼』ですもの。気高い志で、他人とは決して馴れ合わないのよ。そういうところがたまらなく素敵ではなくて!?」

冷たく無視されたら逆に燃え上がってしまうとは、もはや被虐趣味の域に入っているのでは？

令嬢たちは盛り上がっているが、ラヴィはかなり引いてしまった。ラヴィの好みは、優しくて包容力があり、明るい笑顔でこちらの心まで温かくしてくれるシリルのような男性なので、彼女らの言葉がまったく理解できない。

どこのどいつですか、可愛い女性に声をかけられても平気で無視して立ち去るような、冷淡で傲慢な人でなし野郎は。

その「冬狼」とやらの顔を拝んでやろうと目を凝らしたラヴィの耳に、また別の声が飛び込んできた。

「あの髪色も銀狼のような風格がおありになって、青い瞳は澄んだ冷たい水のよう。もっとお近づきになってお名前をお呼びしてみたいものよねえ、シ、リ、ル、さまって！」

その瞬間、ガシャンと大きな音がして、令嬢たちはぴたっと口を閉じた。

音が鳴るほど鉄柵を勢いよく両手で摑んだラヴィは、彼女たちの目が一斉に自分に向けられたことにも気づかない。へばりつくようにして身を乗り出し、食い入るような視線を演習場に集う騎士に向けた。

鉄柵を握る手が小さく震えている。他の雑音、それ以外の景色は、この時のラヴィの耳にも目にも入らなかった。

そして、見つけた。

シルバーグレーの髪に青い瞳。身長はぐんと伸び、肩幅もずいぶん広くなった彼に、もはや昔の少年らしさは残っていない。

けれどその目、その鼻、その口は、間違いなくラヴィがこれまで何度も何度も思い返したものと同じ形をしていた。

十歳の時に別れてから、ただの一度も忘れたことなんてない。一通も欠かさず机の引き出しにしまわれた手紙のように、ラヴィの胸にも、彼の表情、声、仕草の一つ一つが今もなお明確に刻まれている。

――また、会えた。

その時、ラヴィの頭の中で、二度目の鐘の音が高らかに響き渡った。

公開演習が終わると、見学人たちはみんな、弾むような足取りで出口へと向かった。

そこから出てくる騎士たちに声をかけるのが目的らしい。たぶんその時くらいしか、個人的なやり取りはできないのだろう。ラヴィも見物人の中に交じって、彼らがやって来るのを待った。

心臓が今にも破裂しそうに大暴れしている。

名を呼ばれて相好を崩した騎士たちが向かっていく相手は、それぞれの家族か恋人か、あるいは婚約者のようだった。

それ以外の女性たちは、控えめに声をかけて、差し入れを渡すくらいが精一杯だ。騎士たちのほうも心得たもので、軽い挨拶や礼を述べて、彼女らとの交流を楽しんでいる。

その中で一人だけ、声をかけられても、小さな包みを差し出されても、そちらには目もくれず前方を見据えたままスタスタと歩く騎士がいる。

彼は、女性たちの熱視線もあっという間に凍らせてしまいそうな冷ややかな表情を、ピクリとも動かすことがなかった。

ラヴィはぐっと拳を握った。

シリルと会うことはもうないだろうと諦めていた。いや、諦めなければいけないと、会いたい気持ちを無理やり奥のほうに押し込めていた。それが今、一気に浮上してラヴィの心を激しくかき乱している。

シリルは女性たちのほうを一瞥もせず歩いているので、こちらには気づいていない。足を止めることなく前を通り過ぎていく横顔を見て、きりきりと胸が引き絞られるように苦しくなった。

行ってしまう——

その姿を見ないままだったら、ラヴィの恋心は静かに沈んで、いずれは消えていっただろう。でも、今はまだだめだ。実際に見てしまったら、自分でも抑えがきかない。

どうしてもその名を呼ばずにはいられなかった。

「……シリルさま！」

ラヴィが思いきって声を張り上げた瞬間、シリルの後ろ姿がぴたっと止まった。

ずっと前に向けられていた顔が、弾かれたようにこちらを振り向く。

高揚で頬を赤く染めたラヴィを見つけると、保ち続けていた鉄壁の無表情が崩れ、彼は大きく目を見開いた。

やっぱり、シリルだ。

記憶にあるよりもずっと大人びて、あの頃の屈託のなさも、柔い頬のラインも消えてしまったが、整った容姿はそのまま、いや以前よりもさらに磨きがかかっている。表情からは愛らしさと無邪気さが抜けて、代わりに抜き身の刃のような鋭さをまとっていた。

周囲がぎょっとした顔をしている中、ラヴィはどきどきしながら足を前へと動かした。

言いたいことはたくさんあるはずなのに、頭の中がぐるぐる回って、なかなか言葉が出てこない。気の早い涙はぷっくりと膨れ上がって、視界に水の膜を作ってしまっている。

ああどうしよう、なんて言えばいいのだろう。お久しぶり？　お元気ですか？　いや違う、それより何よりも、ラヴィがずっとシリルに言いたかったのは。

会いたかった——

「……誰だ？」

その言葉を出そうと口を開きかけたところで、低い声が耳を打った。

一歩を踏み出した体勢で、ラヴィの動きがピタリと止まる。一つ瞬きをした拍子に、溜まっていた涙の粒がぽろっと頬を伝って落ちたが、それにも気づかないくらい、頭の中が真っ白になった。

誰だ、って。

「あの、わたし——」

「知らない相手からいきなり名を呼ばれるのは不愉快だ。人に声をかけるのなら、礼儀くらい勉強してきたらどうだ」

完全に咎める目でラヴィを見下ろしながら、シリルはぴしゃりと撥ねつけた。弁解も反論も許さない、厳しく威圧的な口調だった。

組み合わせた両手が小刻みに震える。あまりの容赦のなさ、こちらに向けられる軽蔑の混じった目に、ラヴィの顔から血の気が引いた。足元が急に泥濘に変わってしまったようで、まっすぐ立っているのも覚束ない。

「わ、わたし、ラヴィです。ニコルソンの――」

「知らないと言っている。人違いだろう」

すげなく断言されて、今度は目の前が真っ暗になった。

人違い？

では今、自分のすぐ近くにいるのは誰だろう。いや、シリルだ。間違いなく彼のはずだ。

でもラヴィの知っているシリルは、少なくともこんな目をする人ではなかった。

小さなラヴィがどんな失敗をしても、やんわりと窘めるだけで、「次からは気をつけてね」と優しく言ってくれた。危ないことをした時はお説教をされたこともあったけれど、こんな風に冷然と突き放すような真似は、一度もしなかった。

ここにいるのは、シリルと同じ顔をした、ラヴィの知らない「誰か」だった。

蒼白になって立ち竦むラヴィを無感動に見下ろして、シリルはさっと身を翻すと、足早に立ち去ってしまった。

拒絶を露わにしたその背中は、こちらを振り返ることもない。

周りにいる女性たちからの、くすくす笑いが降り注ぐ。突撃アピールを敢行した挙げ句に玉砕した、無礼で無謀な小娘に向ける嘲笑だった。

ラヴィはしばらくその場で茫然と立ち尽くした。

それでもラヴィはなんとか耐えた。迎えに来た父親と合流し、馬車に乗って王城の門を出て、王都の屋敷に着くまで、歯を食いしばって我慢した。

ずっと黙り込んで俯いたままの娘を心配して、父親は何度も何があったのかと問いかけてきたが、それに答えることはできなかった。一度口を開いてしまえば、やっとの思いで堰き止めている涙が溢れ出てしまうのは確実だと判っていたからだ。

が、屋敷に帰って、「おかえりなさい」と出迎えた弟のアンディの顔を見たところで、限界が来た。

ラヴィは無言でアンディを引っ摑み、自分の部屋へと強引に連れ込んで、ベッドに座らせると、その小さな身体に縋りついてうわあんと泣いた。

「ね、ねえさま?」

当たり前だが、アンディは目を白黒させた。しかし、賢く姉思いでもある十一歳の少年は、それを引き剝がすことはせず、大人しくラヴィに抱きつかれながら、よしよしと背中を撫でてくれた。

離れて暮らす期間が長かった父親との情よりも、二人で身体の弱い母を守り、喜びも悲しみも分かち合ってきた姉弟の結びつきのほうが、ずっと強くて深いのだ。

「王城で、イヤなことでもあった？」

「うっ、イ、イヤなことじゃないわ、むしろ嬉しいことよ。ひくっ、で、でも、こっ、こんなに悲しいことってあるかしら！」

「うん、まったく判らないな」

おんおん泣きながらさっぱり要領の摑めないことを口走るラヴィを慰めつつ、アンディは根気よく事情を聞き出した。

当時幼子だったアンディにシリルの記憶はほとんどないが、姉の口からうんざりするほどその名前を聞かされていたせいか、切れ切れの説明でも、すぐに何があったのかは把握できたようだ。

「……なるほど。ねえさまは一目でその人がシリルさまだと判ったのに、あちらはねえさまを見てもちっとも気づかなかった、と。おまけに別人のように冷たい態度を取られて、それがショックだったんだね？」

弟に冷静に指摘されて、ラヴィはようやく大泣きするのをやめた。涙は止まらないので顔はくしゃくしゃなままだが、ぐずぐず洟を啜りながら、小さく首を横に振る。

「そっ……そうじゃないのよ。シ、シリルさまの変わりようもショックだったけれど、い、いちばん悲しかったのは、わたしとシリルさまとでは、思い出の比重がまるで違っていた、ということなの……」

「わ、わたしがずっと、大事に大事に守り続けてきたものが、シリルさまにとっては、物の数にも入らない、ちっぽけなものでしかなかったんだって……それが判ってしまって」

二年の間に交わした手紙も、育んだ友情も、築いた絆も、ラヴィにとってはどれも宝石のように美しく大切なものだったのに、シリルはそれをあっさりと屑籠に入れてしまった。

記憶の彼方に追いやって、現在の彼には何も残っていない。

その現実をまざまざと見せつけられて、今までずっと長いこと、二人の思い出を後生大事に胸の中にしまい込み、何度も取り出しては磨いていた自分が、たまらなく惨めで恥ずかしくなったのだ。

「うーん……」

アンディは首を捻った。

「ねえさまのように個性的で時々突拍子もない人を、そう簡単に忘れるとは思えないんだけどな」

「個性的はともかく、突拍子もないって何かしら」

「もしも本当にまったく覚えていないとしたら、シリルさまの頭のほうに問題があるか、あるいは昔の思い出を塗り潰してしまうくらいの大きな出来事があった、ということかもしれないね」

「比重、というと」

何気にひどいアンディの言葉に、ラヴィもようやく少し落ち着きを取り戻してきた。

「……そういえば、見学していた女性たちは、シリルさまを『孤高の冬狼』と呼んでらしたわ。誰に対しても冷たくて、他人と馴れ合わないからですって」

「すごい二つ名だね……どんな時でも情報収集を怠らないねえさまはさすがだよ」

「確かにシリルさまは、誰ともお喋りしなかったし、笑いもしなかった。昔はよくお腹を抱えて大笑いするような、朗らかで明るい性格だったのに」

「貴族は普通そんな風に大笑いしないから、よっぽどねえさまが面白かったんだろうね」

「そうね……そうだわ」

アンディの突っ込みなど耳に入らないラヴィは、納得したように呟いて、うんうんと何度も頷いた。

「わたしったら、自分のことばかりで……この七年の間、シリルさまはシリルさまで、大変だったに違いないわよね」

彼と別れることになった経緯を考えれば、当然の話だ。

ラヴィは「忘れられた」ことにばかりこだわっていた自分を、深く反省した。離れていた期間、シリルがどこでどのように過ごしていたのか、ラヴィは何も知らない。もしかしたら、笑うことも忘れてしまうくらい、つらいことがあったのかもしれないのに。

「……それで、どうするの？　ねえさま」

アンディに改めて問いかけられて、ラヴィは目を伏せ、唇を強く引き結んだ。

七年前に別れた時、ラヴィは子どもで、世間を知らず、歯がゆいほどに無力で、シリルのために何もしてあげられなかった。

その時の後悔と罪悪感は、長いことラヴィの中にしこりとして残った。会いたい気持ちを強引に抑えつけていたのは、追いかけたところで、ただの商人の娘である自分にできることはないだろうと思っていたからだ。

でも、シリルが笑っていてくれるようにと、それだけをずっと願い続けていた。

ラヴィのいないところで、ラヴィの知らない世界で、隣に他の誰かがいたとしても、シリルがまた元のように楽しげな笑い声を立てていれば、それでいいと。

……なのに、現在の彼の顔に笑みはなく、冷たい無表情があるだけだった。

しばらく考えてから、ラヴィはぐいっと涙を拭って、顔を上げた。

「——もう一度、シリルさまとお会いする。昔の記憶がただ底のほうに追いやられているだけなら、きちんと顔を合わせて話をすれば思い出してもらえる可能性もあるし」

その場合、もしかしたら今度こそ、自分にもできることがあるのかもしれない。

ラヴィの手は未だ小さいままだけれど、力の限り頑張るから。

「でも、もしも、それでもダメだったら」

シリルが、本当にかつての思い出をすべて投げ捨てて、この先ラヴィの存在も助けも必要ないというのなら。

その時こそ、きっぱりと諦めよう。

自分もシリルへの恋心を封印して、もう取り出すのはやめる。

それからどうするか――結婚を考えるか、仕事に生きるかは、その時にまた検討すればいい。

泣くのをやめてそう言うと、「それでこそ、ねえさまだ」とアンディはにっこりした。

公開演習は毎月一回催されることになっている。つまりラヴィが再びシリルに会おうと思うと、次の機会は来月だ。

その日に王城へ行きたいと頼み込むと、シリルのことを知らない父親は怪訝そうに首を傾げた。

「王城に？　なんでまた」

「はじめて見た王城の美しさに心を打たれてもう一度目に焼き付けておきたいのです」

「気のせいかなあ、ものすごく棒読みに聞こえるよ」

「よろしいではないですか。お父さまもどうせまたお仕事で行かれるのでしょう？　ニコルソン商会のために張りきって営業活動に励まねば」

「商談はこの間おおむね済ませたところだし、行くのは別にその日でなくても……王城に入るとなると、いろいろ面倒な申請なんかの手続きが要るんだよ」

「まあ大変、ではすぐに申請してください！　その日でなければダメなのです！　その日に王城に行くことがわたしの人生を左右すると、夢のお告げがあったのです！」

「ええ……」

その言い分をまるっと信じはしなかっただろうが、一度言い出したら引かない娘の性格をよく知っているためか、父親は渋々ながら手続きを取ってくれた。

そして翌月、アンディに「頑張って」と見送られ、ラヴィは勇んで王城の門をくぐった。

馬車から降りた途端、ではお父さま後ほど、と薄情にも父親をほっぽり出し、さっさと演習場に向かう。父は呆気にとられていたが、この件の説明については今日の帰りにまとめてするつもりだ。

そこでは今回も多くの女性が見学をしていた。先月も来ていたらしい令嬢が、ラヴィを見て「まあ、性懲りもなく」と呆れた顔をしたが、そんなことを気にしてはいられない。ラヴィは場内がよく見える場所をすかさず確保して、鉄柵にべったりと張り付いた。

一度気づいてしまえば、大勢の騎士たちの中からシリルを見つけ出すのは容易かった。むしろ前回はなぜ判らなかったのかと疑問になるくらいだ。だってあんなにも、ひときわ素敵で、誰よりも目立って、キラキラとした輝きを放っているのに。

成長したシリルの騎士姿は、凛々しく力強く逞しかった。

父を亡くしてからの彼が、どんな事情があって王立騎士団に入ることになったのかは不明だが、せめてそれが本人の希望によるものであればいいなと思う。

剣を片手に型を取る美しい動き、長銃を構える雄々しい姿に見惚れてしまう。一瞬流れた視線がこちらを向いて、ラヴィの目と合った気がしたが、すぐに逸らされた。こちらから見える横顔がなんとなく強張っているようで、少しハラハラする。

剣や銃は重いというし、かなりお疲れなのではないかしら。そういえばわたしったら、会うことで頭がいっぱいで、手ぶらで来てしまったわ。せめて差し入れくらいは用意すべきだったのに……！

「ずいぶん熱心だね」

シリルの一挙手一投足を見逃すまいと目を釘付けにしながら、自分の迂闊さを悔やんでいたら、後ろから声をかけられた。

振り返ると、騎士服を身につけた金髪の青年がニコニコしながら立っている。二十代半ば……いや後半くらいだろうか。ラヴィは相手の外見で大体の年齢の見当をつけるのが得意なほうなのだが、この人物は不思議なくらいぼやけた印象があった。

同じ騎士服を着ているということは彼も団員のはずなのに、なぜこんなところにいるのだろう。他の騎士たちと違ってずいぶん細身だし、見習いか新人なのだろうか。

それとももしかして、不審人物がいると思って話しかけられたとか？

「見ない顔だね。どちらのご令嬢かな？」

やっぱり怪しまれている。ここで捕らえられて尋問でもされたらかなわないと、ラヴィは慌てて彼のほうを向き、頭を下げた。

「ラヴィ・ニコルソンと申します」

「ニコルソン……覚えがないな。お父上の爵位を聞いてもいい？」

「あ、すみません、父は平民で……ニコルソン商会の会長をしております」

「ああ、なるほど、あのニコルソンね」

合点がいったというように青年が頷いたので、ラヴィはホッとした。

貴族の中には、ニコルソン商会とその会長である父を、平民の成り上がりと馬鹿にする人も多い。しかしとりあえず目の前の彼からは、こちらを侮ったり蔑んだりするような空気は感じられなかった。

その金色の瞳は、最初から変わらない穏やかな光をたたえている。

「騎士団に誰か知り合いがいるのかい？」

青年はなおも問いを重ねてきた。まだ疑いが晴れないのかしらと戸惑いつつ、ラヴィは正直に「昔の知り合いを見かけて」と答えた。別にやましいことがあるわけでもないので、七年会っていなかったこと、あちらは自分を覚えていないようだということも説明する。

「ふんふん、なるほど。それでもう一度会いに来た、というわけだね」

青年はラヴィの話を聞いて、興味深そうな……というか、面白そうな顔で頷いた。目を眇め、鉄柵の向こうの騎士たちを見やる。

「その相手が、シリルというわけ？」

「えっ、どうしてお判りに？」

「だって君、最初からずーっと彼しか目に入っていなかったじゃないか」

可笑しそうに指摘されて、そんなにも凝視していたかとラヴィは赤くなった。

「そうか、昔の知り合いねえ……」

青年は独り言のようにそう呟くと、何かを考えるように視線を空中に流した。

ややあって、またラヴィに向き直り、ニコッと笑う。

「ラヴィ、だったら僕がその機会を作ってあげようか？」

「は？　その機会、とは」

「いやだな、だからシリルと顔を合わせて話をする機会だよ。もっとじっくりゆっくりとね。ちょうど演習ももう終わりだ」

「は……？」

「じゃあ行こう」

青年は、戸惑うラヴィの手を取ると、こっちこっちと引っ張って歩き始めた。

「あ、あの」

「大丈夫、取って食ったりはしないから」

彼に引きずられながらラヴィがおろおろと周りに目をやると、他の見学人たちが、みんなしてこちらを驚いたように見ていることに気がついた。なぜ揃いも揃って「信じられない」という表情をしているのか、さっぱり判らない。ラヴィの困惑は深まる一方だ。

「——さあ、ここだよ」

連れていかれたのは、演習場の近くにある建物だった。それなりの大きさがあるが、装飾はなく全体的に地味だ。いかにも武骨で頑丈な外観は、見た目よりも機能重視であることが窺える。

建物内の一階にはテーブルと椅子がたくさん設置されていたが、誰の姿もなかった。

「ここは……？」

「王立騎士団の詰め所」

「は!?」

ぎょっとするラヴィにはお構いなしで、青年は平然とした顔をしている。

「そんな場所に無関係の平民が入っていいのですか」

「いいわけないじゃないか」

「帰ります」

「まああ、ちょうど騎士たちも戻ってきたよ」

急いで逃げようとしたら、その前に大柄な騎士たちがどやどやと建物内に入ってきてしまった。

演習を終えて、どの顔も疲労と安堵を滲ませている。彼らが、自分たちの領域に入り込んだ異物を見つけて足を止め、目を丸くしたのは、当然の成り行きだった。

その騎士たちの中にはシリルもいる。ラヴィの姿を見て、愕然とした表情をしていた。無理もない。先月いきなり声をかけてきた無礼な娘が、今度は詰め所に侵入して先回りしていたのだから。

ただでさえ男性たちから一斉に注目されて身を縮めていたラヴィは、さらに肩をすぼめて小さくなった。

「――どういうことですか、団長。どうしてここに一般人が？」

シリルが前に出てきて低い声で詰問する。ラヴィはその言葉に、「えっ」と目を瞠った。

「だ、団長？」

おそるおそる青年のほうを向くと、にこやかな笑みが返ってきた。その口から否定の言葉は出てこない。よくよく見たら、彼の騎士服は他の人たちのそれよりも、ずっと上質なものだった。

この場で団長と呼ばれるのは一人しかいない。王立騎士団のトップ、「騎士団長」だ。

誰だ、見習いか新人なんて言ったのは。

「団長といっても、完全に肩書きだけの名誉職だけどね。実質ここを取りまとめているのは副団長。ほらあの、いちばんでかい男。この国では昔から、王立騎士団の団長は王族の誰かが就任することになっているんだ。あ、ちなみに僕は第二王子のエリオット」

とんでもない情報を軽い口調で追加されて、ラヴィはその場に倒れそうになった。

どうりで、見学人たちが全員驚いていたわけである。いやだって、まさか平民娘にいきなり第二王子が話しかけてくるなんて思わないでしょう、普通！

「可愛い子がいるなと思って、僕から声をかけたんだ」

王子はニコニコしながら、騎士たちに向かっておかしな説明をしている。先程「いちばんでかい男」と指で示された副団長らしき男性が、「殿下……」と頭痛をこらえるように額に手を当てた。

「そうしたら驚きさ、彼女はかの有名なニコルソン商会の令嬢なんだそうだよ。ぜひ騎士団に商会の宣伝をしたいって言うから、ここに連れてきたんだ」

初耳だ、とラヴィは唖然とした。一体何を言っているのだこの王子は。

驚きすぎてそちらを見返すことしかできないラヴィの耳に、王子はそっと顔を寄せた。

「ラヴィ、僕は君にチャンスをあげているんだよ。ニコルソンの娘らしく、ここで商売をしてごらん。上手くいったら、今後この詰め所に出入りできるよう、僕が責任をもって取り計らう。そうすればいくらでもシリルと話をすることができるだろう？」

シリルと顔を合わせて話をする機会を作ってあげる、という言葉を思い出して、眩暈がした。確かにシリルと話をしたいとは望んでいたが、騎士団の詰め所に出入りして……なんてことは頭を掠りもしなかった。

騎士団員たちは、ある者は不機嫌そうに、ある者は好奇心丸出しで、じっとラヴィを見つめている。誰もかれもが、迷い込んできた小さなウサギを眺めるような目をしていた。

ここにいるのは全員貴族の子息、すぐ近くにいるのは第二王子。平民ウサギはどれだけいたぶられようと、焼いて食べられようと、彼らに対して文句なんて出せっこない。

急に、足元から震えがのぼった。

第二王子が「ニコルソン」の名を出した以上、ラヴィがここで逃げたり無様な真似をしたりすれば、商会の将来に関わる。下手をすれば不敬罪だ。いくら父が大商人であっても、王族がその気になれば、あっという間に潰すことくらい造作もない。

血の気の引いた顔で立ち竦む。

商売？　商売って？　ニコルソン商会の従業員としてはほとんど新人の自分が？

大体、騎士団で使う武器なんて商会では扱っていない。騎士団の備品は管轄外、制服だって由緒正しい専属の職人がきっちりと決められていて、途中から割り入ることなんて不可能だ。

だったら何を売り込めばいいというのか。

視界がぐらぐら揺れる。その中には、シリルの顔もあった。固い表情でラヴィをじっと見つめている。やっと彼の目がこちらを向いた、と朦朧としてきた頭でラヴィは思った。

――彼が見ている。自分の、ラヴィ・ニコルソンの、こんなみっともない姿を？

次の瞬間、両足をぐっと踏ん張り、まっすぐ姿勢を正した。

「ニ……ニコルソン商会、会長の娘、ラヴィと申します」

精一杯の笑顔を作り、ラヴィは騎士団員たちに向けて挨拶した。

震えているのを悟らせまいと、腹部の上で強く両手を握り合わせる。いくら商会の手伝いをしているとはいえ、自分一人がこんな大勢の前で発言したことはない。緊張と恐怖でバクバク鳴り続ける心臓を宥め、せめて声が上擦らないよう努力をした。

「このたびは、第二王子殿下のご厚情により、このような貴重な機会をいただけましたこと、大変ありがたく思っております」

スカートを指で摘まんで、軽く礼を取る。

「演習を終え、お疲れのこととは存じますが、少しだけお話を聞いていただけますでしょうか。常に厳しい特訓を自らに課して、肉体を磨き上げ、崇高なる精神でこの国の安全を守ってくださっている王立騎士団のみなさまに、我がニコルソン商会のお品をご説明させ

ていただきたく存じます」

そう前置きをして、ラヴィは淀みなく売れ筋の商品を紹介していった。父親がいつもどのような顔で、どんな話しぶりで説明していたか、必死に思い出しながら口を動かす。つい先月だって、文官相手に商売している父の姿を、自分はすぐ目の前で見ていたのだ。笑みを絶やさず、簡潔に、あまり押しつけがましくならないよう――

ニコルソン商会で取り扱っているのは、おもに布製品、小物、装飾品などである。よって顧客は女性が多い。

「そんなものを俺らに紹介されてもな」

騎士団員の一人が鼻で笑ってそう言ったが、ラヴィはにっこりしながら彼のほうを向いて切り返した。

「ニコルソン商会の品は幅広い年齢層の女性に大変好評で、ご家族、恋人、婚約者の方への贈り物としては最適なんですよ」

騎士団員は大半が寮住まいのはず。城下町で買い物をしようと思ったら、少ない休日を潰すか、貴重な自由時間を使うしかない。店を回って悩んで選ぶだけで、移動時間を合わせれば、ほぼ一日を費やす場合もあるだろう。

「もしもわたしがここに出入りできましたら、みなさまからの注文をお聞きして、すぐにでもこちらへ配達させていただくことが可能です」

ラヴィの提案に、騎士団員たちは意表を突かれたように目を丸くした。この場で注文して届けてもらう、という考えは頭になかったようだ。

「女性への贈り物の相談は、同じ女性が承るのがいちばん。どんとお任せくださいまし。お相手のお好みを聞かせていただきましたら、どんなお品が喜ばれるか、一緒に考えさせていただきます」

胸を叩いて請け合うラヴィに、騎士が一人、また一人と、「へえ……」という表情で前のめりになっていく。

その顔に、最初に浮かんでいた薄笑いはもうない。きっと誰もが、女性への贈り物を探し、足が棒になるまで町を歩き回った経験があるに違いなかった。

ラヴィの流れるような説明が一区切りついたところで、パン、と手が叩かれる。

「よし、決まりだね。この件は僕から話を通しておこう」

第二王子が満足げにそう言った。

「……用が済んだのなら、部外者は出ていってくれ」

つかつかと歩いてきたシリルが、怒ったような顔でラヴィの腕を摑む。そのまま強引に詰め所の外へと連れ出すと、まるで放り出すようにして手を離した。

その途端、足から力が抜けて、ラヴィはくたくたとうずくまってしまった。

「おい――」

「……す、すみません。ちょっと、立てなくて」

シリルは何かを言いかけたが、蒼白になったラヴィががたがたと震えているのを見て、口を噤んだ。

「迎えは来るのか」

「はい……」

不愛想な問いにも、しゃがみ込んで顔を伏せ、短く返事をするのが精一杯だ。それっきり沈黙が落ちたので、シリルはさっさと詰め所内に戻ったとばかり思っていた。

だから、しばらくして、

「こんなところにいたのか、捜したよ」

と父親が慌てて迎えに来た時、なんとかふらふらと立ち上がったラヴィは、後ろで扉の開く音が聞こえて、非常にびっくりした。

振り返ると、大きな背中が建物の中に入っていくところだった。彼はこちらを振り向くことも、言葉をかけてくることもなかったけれど。

——それでも、今までずっと、そばにいてくれたんだ。

そう思ったら、じわりと涙が滲んだ。

帰りの馬車で、それまでの経緯を洗いざらい話し、第二王子の便宜で騎士団に出入りすることになった旨を伝えたら、父親は卒倒しかけていた。

第三章

逃亡、追走、その後の急転

十日後、王城からきちんと正式に発行された許可証が屋敷に届けられた。

これがあればもういちいち事前に申請しなくとも、王城敷地内への立ち入りが許される。

第二王子の行動の速さと有言実行に、ラヴィは驚いた。

もちろん、制限はある。ラヴィの場合、騎士団詰め所へ出入りができるのは、昼食後から午後の職務までの短い時間だけとされた。約二十分、といったところだろうか。

場所は一階の休憩所のみで、それ以外のところに一歩でも足を踏み入れたら、即座に許可証を取り上げられる。それでも平民娘には破格の扱いだ。

ラヴィはそれから毎日のように馬車で王城に向かい、時間を見計らって詰め所内に入ると、「こんにちは、ニコルソン商会のラヴィでございます。ご用命はございませんか」と元気に挨拶して回った。

最初は無視されることも多かったし、露骨に邪魔者扱いされることもあったが、そのうち、ぽつぽつと声をかけてくれる騎士も現れ始めた。

「二、三日で音を上げると思ったら、まったくめげる様子もなく『こんにちは！』と来るからな。つい絆されちまった」

いちばんはじめに声をかけてきたのは、ノーマンという騎士だ。言動が少し軽めだが、面倒見がいいことと、女性に優しいことでは定評がある。

「僕にはラヴィと同じくらいの齢の妹がいるからね、心配なんだ。何かあったらすぐに相談して」

と気遣ってくれるのは、リックという騎士。二十代後半の男性が多い騎士団の中で、彼はまだ二十二歳と若い。いやシリルも同じ年齢なのだが、どこか無邪気なところのあるリックは、他の団員たちから弟のように可愛がられていた。

「あの団長の気まぐれと突飛な行動には、我々も振り回されることが多いからな」

そう言って配慮を見せるのは、大柄で顔も厳ついジェフという騎士。他人に対して不愛想なところがあるので敬遠されがちだが、中身は誠実で、不器用ながらも心の広い男性だった。

もちろん、この三人のように接してくれる人ばかりではなく、中には平民風情がと舌打ちする騎士もいるし、女が生意気なと冷ややかな騎士もいる。また、必要以上に馴れ馴れしく、隙あらばラヴィに触れてこようとする騎士もいる。

なんとかそれらを逸らし、かわし、下手に刺激しないように立ち回って、ラヴィはしみじみと父の苦労に思いを馳せた。

何度か、悔しい思いもしたし、落ち込んだりもした。行儀見習いをしていた時も先輩メイドにきつく当たられたことがあるが、これはそれとはまた質が違う。馬車が王城の門から出た途端、笑顔が崩れて泣いてしまった日もあった。

しかしきっかけはどうであろうと、これはラヴィが自分自身の力で得た「仕事」だ。歯を食いしばってでもやり通すしかない。

ちなみに、現在に至るまで、シリルとはまだ話ができていない。ラヴィが行く時間、彼は必ずどこかへ姿をくらましてしまうからだ。

「あいつはもともと仲間同士の交流をしないし、付き合いも悪いんだ。この団の中でも腫れ物扱いされてるくらいだよ」

むっつりと不愉快そうにノーマンが教えてくれた。

彼はシリルと同じ隊に所属しているが、前々からその態度をよく思っていなかったらしい。男性でも女性でも、するりと距離を詰められる才能のあるノーマンには、仲間に近寄るどころか離れるばかりのシリルは、理解不能な上に好きにもなれない、ということのようだった。

「いつも表情を変えないし、無口で素っ気なくて、何を考えているのかさっぱり判らない。気味の悪い男さ」

ノーマンの口から出るシリル評は、聞けば聞くほど、ラヴィの知る彼とはかけ離れていた。あまりにも過去との差が激しくて、それは本当にあのシリルのことを言っているのかと疑問になるほどだ。

そして、他の騎士たちからも話を聞くうち、少しだけ現在のシリルについての情報を得ることができた。

彼の姓は「オルコット」ではなく、「レイクス」というものに変わっていた。父親を亡くしたシリルは母とともに彼女の実家、レイクス子爵家へと身を寄せ、そこの養子となったようだ。

レイクス子爵はシリルの母の弟で、息子が一人いたのだが、その人物が半年ほど前に亡くなったため、シリルが新たな子爵家の跡継ぎとなるらしい。

貴族の中では、幸運が転がり込んできたシリルを妬んで、「子爵の息子をシリルがこっそり殺したのではないか」と悪意ある噂まで流れているが、本人はそれを否定も肯定もしないのだという。

そのためか、二、三人の騎士から、「あいつには近寄らないほうがいい」という忠告まされてしまった。

ただ、才能と実力はずば抜けているので、団長である第二王子から目をかけられているらしく、「いずれ近衛に引き抜かれるのかも」という話も囁かれている。それがまた騎士たちの反発心に繋がっているのだとか。

ラヴィはますます混乱した。

一体、離れていた七年の間、シリルの身に何があったのだろう。

そんなある日、ラヴィは詰め所での営業活動を終えて、待たせている馬車へと足早に向かっていた。

「えーと、ノーマンさまは『王都で流行っている可愛い小物』、リックさまは『あまり高価すぎない上品な髪飾り』、ジェフさまは『書き心地のいいペン』ね」

足を動かしながら注文書を確認し、ぶつぶつ呟く。

ノーマンは付き合っている恋人への、リックは妹への誕生日プレゼントで、ジェフは自分用だという。もちろん、彼らの恋人と妹の外見や好みについての情報は、すでにしっかりラヴィの頭に入っている。

最近は、商売の難しさが身に染みると同時に、成功の喜びというのも判ってきた。実際に品を見ずに注文をするのは、それだけの信用がないとできないことなのだと気づいてからは、責任の重さを痛感するようにもなった。

こちらのセンスや判断力が問われることになるのは緊張するが、やっぱり嬉しさのほうが先に立つ。必ず満足してもらえるよう頑張ろうと、ラヴィは気持ちを引き締めた。

プレゼントについては相手の髪や目の色に合わせたものを複数用意して、その中から選んでもらえばいいだろう。ジェフはあまり華美なものは好きでないはずだから……

などということを一心不乱に考えながら歩いていたら、目の前に誰かが立ち塞がった。

「やあ、一人？　君はどこのご令嬢？　それとも侍女かな？」

以前の第二王子と同じような言葉をかけてきたのは、まったく見知らぬ二十代くらいの青年だった。

ラヴィは目を瞬いて、同時に二つのことを頭に浮かべた。

誰？　というのが一つ。

もう一つは、第二王子はいろいろ困ったところもあるが、それでもさすがに王族らしく立ち居振る舞いに品があり、こちらのほうが威儀を正さねばという気にさせられたが、この青年はまるで違うな、ということだ。

ラヴィの頭から足先までじろじろと眺め回す視線は不躾で下心が見え見えだし、だらしなく下がった目尻といい、ニヤニヤと締まりのない口元といい、好色さを隠しもしていない。

本人のそういう性質とともに、ラヴィを――というか女性そのものを軽んじている感じがプンプンする。ほとんどの女性はこの人物に相対する時、まず真っ先に警戒心を発動させるのではないか。

この男性に比べれば、騎士団員たちはずっと紳士だわ、とラヴィは改めて感じ入った。

第二王子と副団長から釘を刺されているというのもあるだろうが……そういえばあの王子はあれっきり姿を見せないが、どうなっているのだろう。

どんな目的や思惑があってラヴィを騎士団の中に放り込むような真似をしたのか、未だに謎のままである。本当にただ「シリルと話をさせてあげる」というだけのことだったら、あんな手の込んだことをする必要もなかった。何を考えているのかさっぱり判らない、という点では現在のシリルとそう変わらない。

いや、それはともかく、今は目の前の相手だ。

「申し訳ございません、急いでおりますので」

ラヴィは失礼にならず、媚びにもならない程度の笑顔で、「あんたなんかに名乗る名はない」とやんわり断った。男爵家での行儀見習いの結果、こういう相手に猫を被るくらいの演技力と知恵は身につけている。

しかし残念ながらその男性は、それで引き下がるような生易しい相手ではなかったようだ。

「どこに行くんだい。今から帰るところ？　だったら僕が送ってあげるよ。僕の家の馬車は内装が凝っているんだ、見たくない？」

絶対に見たくない、と笑みを浮かべたままラヴィは苛々した。

爵位はともかく、着ている衣服からして、彼がかなり裕福な家の子息であることは判る。その全身からは「甘やかされた僕ちゃん」という雰囲気が濃密に漂っていた。

一人で歩いていたラヴィが大した身分でもないと推測したのか、明らかにこちらを見下す態度と顔つきだ。こういう人物が、ラヴィが平民だと知ればどんな行動に出るかは大体予想がつく。

「供の者を待たせておりますので——」

この場合、「供の者」とは御者のおじさん一人のことだが、勝手に誤解される分には問題あるまい。

「いいじゃないか、使用人なんて先に帰らせてしまいなよ。それより僕と一緒に来れば、いろいろと楽しい思いができるからさ、ね？」

もう胡散臭さしかない。町中ならすぐさま警吏を呼ぶところである。ここに誘拐犯になりそうな人がいますよー！

「君も毎日退屈しているんだろ？　刺激的な体験をしてみたくはないかい？」

そう言いながらするっと手を取られ、あまりの気持ち悪さに鳥肌が立った。すぐさま引っ込めようと思ったら、その前に力を込めて握られた。悲鳴を上げなかっただけ、ラヴィの忍耐力を褒めてもらいたい。

「いい加減に――」

こうなったら淑女の嗜みもへったくれもない。所詮ラヴィは田舎育ちの平民で、商人の娘なのだ。貴族間の忖度など関係ないし、怯えた顔をして相手を喜ばせるような可愛げも持ち合わせていない。

「ルパート殿！」

しかし、眦を上げたラヴィが辛辣な言葉を叩きつけてやる前に、どこからか鋭い声が飛んできた。

「あ」

そちらに目をやったラヴィは、間の抜けた声を上げて、ぽかんと口を開けた。

……まさか今この時、こんなところで。

厳しい表情でこちらに駆け寄ってきたのは、騎士団詰め所の中では一向に会えなかったシリルだった。

ルパートと呼ばれた男性が、彼の顔を見て、なんとなく忌ま忌ましそうに眉を寄せる。

近づいてきたシリルはこちらを一瞥すると、ルパートの腕を摑んで少々乱暴にラヴィから離し、「こちらへ」と引っ張った。

判りやすくふてくされた顔をしたルパートが、シリルの手を腹立たしそうに振りほどく。イタズラを見つかって親に連行されそうになり反抗する、子どものような態度だった。

「口を出すなよ、シリル。生意気な」

「そういうわけにはいきません」

どうやらこの二人は、ある程度親しい間柄のようだ。眉を吊り上げるルパートと、冷然とした口調を崩さないシリルを見るに、お互いの間に友情や好意が存在するようにはとても見えないが。

「僕が何をしようとおまえには――」

「こんな場所で問題を起こしたら――」

二人はラヴィから少し距離を取った場所で、声を抑えて会話をしているので、細かいところまでは聞き取れない。しかしどうやら、シリルがルパートを注意、あるいは叱責しているようなのは薄々判った。

事情は知らないが、騎士団員の輪の中にさえ入ろうとしないシリルが、言ってはなんだがこんなバカ息子っぽい人物と関わりを持つのは意外だ。もしかして七年の間にシリルはすっかり不良になり、悪い仲間とつるむようになったのではないか、とラヴィは母親のような心配をしてやきもきした。

シリルさま、その男は見るからに、厄介事を引き起こすことに才能を発揮するタイプですよ！　今のうちに関係を断たないと、絶対ろくなことになりませんよ！

二人はひそひそと言い争いをしていたようだったが、眉根をぐっと寄せたシリルが「伯爵に」という言葉を出すと、ルパートはぴたっと口を閉じた。

その一言にどんな威力があったものか、彼はしかめっ面になると、ぷいっと顔を背けて身を翻し、挨拶もなくその場からずんずんと荒い足取りで立ち去った。まさしく子どもか、という感じである。

その後ろ姿を見送り、シリルが大きなため息をつく。

ラヴィは鼓動を速めた。

これはわたしを助けてくれたということよね？　だったらまずはお礼を言って、それから……

だがそれらの言葉を出す前に、シリルに険しい眼でじろりと睨みつけられた。

「こんなところで何をしている」

再会してから会話を交わすのはこれで三度目だわ、とラヴィはしみじみした。その三度とも、まるで憎い仇に会ったかのような怖い顔つきと、つけつけ尖った口調と、こちらを責めるような台詞ばかりなのはともかく。

それでもやっぱりその目が向けられるのは嬉しいと思うし、自分に対して話しかけてくれているという事実に胸が上擦る。シリルに認識されるだけで、ドキドキしてしまう。我ながらちょっと手に負えない。

「これから帰るところだったのです」

「供の一人もつけないとは、不用心すぎると思わないのか」

「でもわたしはただの平民ですし……町を歩く時もお供なんてつけていませんよ」

「ここは町ではなく王城だ」

「普通に考えて、兵や騎士さまがたくさんいらっしゃって守りも万全な王城のほうが、町の中よりもよほど安全なのでは？」

ドキドキはしているが、こういう時、思ったことがつるつるっと口から滑り出てしまうのが、ラヴィという人間である。

いちいち言い返されて、シリルが思いきり渋面になった。

「……そんなことだから、『生意気だ』と言われたりするんだ」

あら？　よくご存じで。

「町とはまた別の意味で王城は危険なことがあると、肝に銘じておくんだな。ここで迂闊な行動をすると、命取りになりかねない場合もある」

「はあ、でもそれって、『政治的に』ということですよね？　貴族の方々の間ではそうかもしれませんけど……」

「何を呑気なことを言っている。貴族ばかりがいる場所に平民が交じることの意味を、君は軽く考えすぎだ。大体、男ばかりの騎士団詰め所に若い女性一人がうろうろすることからして、どうかしている。連中の中には気の荒い者もいるし、貴族の価値観にどっぷり浸かった者もいるんだぞ。詰め所内では人の目があるから大丈夫だと考えているのかもしれないが、そこを出た後までは副団長だって目の届かないことが……」

シリルのくどくどした説教は、しばらく続いた。一旦堰を切ったら、まあ次から次へと、苦言が出るわ出るわ。よほどラヴィに対する鬱憤が溜まっていたとみえる。

その説教の半分くらいは聞き流して、ラヴィはじっとシリルの顔を見つめていた。

昔、幼い頃のラヴィが危ないことをすると、こうして真面目な顔でお説教されたことを思い出し、しんみりと懐かしくなる。

そこには確かに、身分差などを抜きにして相手を慮ることのできる、尊い性質がある。

変わったところはたくさんあるが、それでもやっぱりシリルはシリルなのだ。

七年という歳月は、ラヴィがいちばん好きだった、彼の根本の部分までは奪っていかなかった。

「聞いているのか」

「もちろんです、シリルさま」

「今からでも遅くないから、許可証を返上しろ。俺からも団長に言って――」

「それは無理です、シリルさま」

「……ではせめて、父上に事態の改善を頼め。護衛を雇うくらいの財力はあるだろう」

「平民娘が護衛をつけて王城敷地内を闊歩していたら、余計に反感を買うこと間違いなしですよ」

「まったくああ言えばこう言う……！　このままでは君の母上だって心配するぞ！　君の家族は揃いも揃って楽天的すぎる！」

「母は亡くなりました」

ラヴィがそう答えると、シリルははっとした顔になった。

「亡くなった？」

「わたしが十三の時に。もともと病弱な人だったものですから」

それを聞いて沈鬱な表情になったシリルが、口元に手を当てた。ふらりと視線を横に流し、「ああ、そうだったな……」と呟く。

ん？

「シリルさま？」

「──なんだ」

「わたしの母が病弱だったこと、覚えていらっしゃるのですか？」

その瞬間、明らかにシリルの目が泳いだ。無表情を保とうとしたようだが、目元と口元に緊張と動揺がさっと駆け抜けるのが見て取れた。

「いや、覚えているも何も……俺は君のことは知らないと」

「でも今、『そうだったな』とおっしゃいましたよね」

「それは……噂で聞いて」

「へえ」

他の騎士団員たちと必要最低限以外ろくに接触せず、親しい仲の人もいなそうなシリルが、どこの誰経由でそんな話を聞いたのか。

大体、ラヴィは騎士団員に自分の個人的なことなど何も話していない。まさか王城内で、平民でただの商人でもあるニコルソンの家庭内の噂話が流れていたわけでもあるまい。

「――シリルさま」

「とにかく！　いいか、くれぐれも不用心な真似はするんじゃないぞ！　特にさっきのあの男には絶対に関わるな！」

ラヴィの言葉をぶった切るように遮って、シリルは一方的に話を終了させた。そのままくるっと背中を向け、走っていってしまう。

まるで、逃げるように。

「…………」

あっという間に小さくなった彼を見て、ラヴィはぐっと拳を握った。

ああそう、そうですかそうですか、そっちがその気なら。

こちらだって本気で追いかけますからね！

翌日からラヴィは本腰を据えてシリルの探索を開始した。

詰め所に入ってその日の仕事を素早く終わらせると、誰彼構わず捕まえて、シリルはどこにいるかと聞いて回る。

外をうろついていたと言われればすぐさま駆け出し、演習場にいたようだと聞けばすっ飛んでいき、手洗いに行ったよと耳打ちされれば出口前で待ち伏せた。

はじめは驚いていた騎士団員たちは、くるくると走り回るラヴィを眺めているうちに面白くなってきたのか、積極的に協力してくれるようになった。ラヴィが詰め所内に滞在できるのはほんの二十分程度のことなので、その間シリルを休憩所に留め置くための策まで考えてくれる。

「あいつ最近、昼飯もどこか別の場所で食っているようだからな」

「午前の仕事が終わってから、数人で囲んで強制的にここに連れて来ればいいんじゃないか？」

「もういっそ縄でぐるぐる巻いて縛りつけておけ」

かなり悪ノリ気味で過激なことまで言い出す騎士もいる。シリルがどうやら故意にラヴィを避けていると悟ってからは、むしろもっと困らせてやれと考えているらしかった。騎士団内に味方を作っておかないから、いざという時こういうことになるのである。

「この間なんて、『ラヴィ』の名前が出た途端、びくっと肩を揺らしてたぞ」

笑ってそう教えてくれたノーマンも、そのうちの一人だ。以前からシリルのことをよく思っていなかった彼は、完全に今のこの状況を楽しんでいた。

「それではまるで、わたしが恐怖の対象のようではないですか」

「だよなあ。俺はてっきり、騎士に自分勝手な妄想を抱いて執念深くつきまとう平民娘に対する怯えかと思ったんだが」

「ひどい」

「でもそれにしては、その名をチラチラと気にする素振りも見せるしな。迷惑なら迷惑だとはっきり言えば済むことなのに、ただ逃げ回っているだけだし……一体何を考えてるんだ？」

ノーマンは首を捻ったが、ラヴィも大いに同感だ。

自分はただ、シリルときちんと顔を合わせて話がしたいだけなのである。その場で「これ以上自分に関わるな」ときっぱり言い渡されれば、大人しく引き下がるつもりでいる。

心の痛みはあるだろうが、それで少なくとも諦めはつくし、気持ちの区切りもつけられる。それなのにただ逃げられ、避けられるばかりでは、ラヴィの心は中途半端なまま、次の段階へと進むことができない。

「あっ、ラヴィ！」

その時、リックが慌てた様子で詰め所内に駆け込んできた。

「ついさっき、厩のあたりでシリルを見かけたよ！」

「厩⁉　くうっ、そこは捜索の範囲外でした！　それではみなさま、また明日、ごきげんよう！　ご協力のお礼に、今度ニコルソン商会から差し入れをいたします！」

大声で挨拶をし、すぐに走り出したラヴィの後ろで、騎士団員たちが「頑張れ」「今度こそ逃がすなよ」とやんやの声援を送ってくれた。

厩で馬を撫でながらぼーっとしていたシリルは、そろそろと背後から近づいていったラヴィに、まったく気づいていなかった。

「シリルさま！」

すぐ間近まで寄って、大声で呼びかける。

シリルは驚いた顔で振り返り、そこにラヴィの姿を認めると、咄嗟に逃げようと足を動かした。素早く通せんぼするようにその前に立ちはだかり、ラヴィは自分の腰に手を当てる。

「今度こそ捕まえましたよ！　大体どうしてそうお逃げになるんですか！」

「に……逃げてなんて……」

「本当は、わたしのこと、ちゃんと覚えているんですよね？」

言い返そうとしたのを遮って、真正面から問い詰めると、シリルはあからさまに動揺した。

迷うように視線が揺れ、口が開いたり閉じたりを繰り返す。往生際悪く一歩後ずさって周囲に目をやったが、近くにいる馬も自分を助けてくれないと悟ると、ようやく観念して、がっくりとうな垂れた。

「君のような人を忘れられるわけがないだろう……」

唸るような低い声で出されたのは、弟のアンディが言っていたのとよく似た台詞だった。

後ろの壁に背中を預け、そのままずるずると滑るようにその場にしゃがみ込む。ラヴィも両膝を曲げたが、下を向いたシリルがどんな顔をしているのかは見えなかった。

「では、覚えていらっしゃるんですね？　ラヴィ・ニコルソンのこと、子どもの頃のこと、文通をしていたことも？　すっかり忘れていたのでも、記憶喪失になっていたわけでもなく？」

「ああ……」

「あの二年間のこと、すべて？」

「すべて」

肯定されたことに、ラヴィは自分でも驚くほど衝撃を受けてしまった。

シリルはラヴィのことを忘れていたわけではなかった。あの頃の記憶は、きちんと彼の中にも残っていた。本来はそれを喜ぶべきなのだろう。ラヴィだってそれを望んでいたはずだ。

でも、手放しで喜ぶには、再会した時から現在に至るまでに費やした時間が長すぎた。しゃにむに追いかけているうちはまだよかったが、こうしていざ認められると、これまでシリルから向けられた冷たい表情と態度がどっと重くのしかかってくる。

本当は覚えていたのに、「知らない」と言いきられた。逃げられ、避けられ、突き放され続けた。改めてその意味を考えずにはいられない。

「そっ……そんなに」

ぶわっと涙が込み上げる。

顔を上げたシリルは、ぶるぶる震えながら唇を大きく曲げて涙ぐんだラヴィを見て、ぎょっとしたように口を開けた。

「そんなに、わたしと関わりたくなかったのでしたら、最初の段階ではっきりとそう言ってくだされればよかったのにっ……シリルさまとの思い出はわたしにはとても大切なものでしたけど、シリルさまにとって、それは忌まわしい記憶でしかなかったのですね。それな

らそれでもっと早く教えてくだされば、決してこんな真似はしませんでした……！」

「えっ、いや」

「わたしとシリルさまの間には、せめて友情があると思っていましたが、それはわたしの独りよがりな考えだったようです。申し訳ありません、わたしの顔も見たくないほどイヤなのに、無理やり追いかけ回してしまって。もう金輪際シリルさまの前には姿を見せないようにします。許可証についてはすぐにでも返上いたしますから」

「違っ、ちょっと」

「それではシリルさま、束の間の再会でしたが、お会いできて嬉しゅうございました。どうぞお元気で、シリルさまのお幸せを遠い地で陰ながらお祈りしています！」

一気に言い放ってすっくと立ち上がり、くるりと身を翻して走り出す。

「ラヴィ、待って！」

その腕を、シリルが慌てて摑んで引き留めた。

「違うんだ、そうじゃない」

「心配なさらなくても、もうシリルさまを煩わせることはありません。どうぞお構いなく」

「その思い込みが激しいところ、ぜんぜん変わっていないな……！　とにかくちょっと話を聞いて」

「今までわたしから逃げ回っていたのはシリルさまじゃありませんか」

「だからそれには事情が……」

　離して、離さない、と二人で揉めていたら、「ふうん」と第三者の間延びした声が割って入った。

「やっと本心を出したね、シリル」

　ニコニコ笑いながらそう言って、歩み寄ってきたのは第二王子のエリオットだ。今日は騎士の制服姿ではなく、白に金の刺繍がされたジュストコールを身にまとっている。

　詰め所にも滅多にやって来ない名ばかりの騎士団長がどうしてこんなところにいるのかと、ラヴィは呆気にとられたが、シリルは顔を強張らせた。

「……団長」

「ほら、か弱い女性の腕を、そんなに強く掴むものじゃない」

　窘めるように手を出して、シリルの手からラヴィの腕を解放させる。仲違いをする二人の間を取り持つようににこやかに、そのままラヴィを自分のほうへと引き寄せた。

「……つまりこの子が、おまえの唯一の弱点ということだな？」

　ふいに声の調子が変わる。

　――と。

　次の瞬間、くるっとラヴィの身体が回転して、後ろからぎっちりと拘束された。

「えっ？」

何がなんだか判らずぽかんとしたラヴィのこめかみに、突然、短銃が突きつけられた。

黒々とした銃口がすぐ間近に迫り、ぎしりと固まる。

シリルが息を呑んだ。

「動くなよ、シリル。ラヴィ、君もね。下手をするとうっかり指が反応してしまう。騎士団内で最も射撃が得意なシリルと違って、僕はあまり銃の扱いは得意じゃないんだ。万が一暴発でもしたら困るだろう?」

エリオットは変わらず穏やかな笑顔のままだった。まるで世間話をするような表情と口調で、ラヴィを捕らえ、銃を突きつけ、平然と恐ろしい脅し文句を吐いている。

そのアンバランスさがかえって、「その気になったらこの人は本当に顔色一つ変えず銃の引き金を引くのではないか」と思えて、ラヴィは蒼白になった。

それに、動くなと警告されるまでもなく、少し暴れたくらいでは到底この拘束から抜け出せそうにない。細身であるにもかかわらず、エリオットの腕はぎっちりとラヴィの身を締めつけて、振りほどく余地はどこにもなかった。

シリルもまた石になったかのように動きを止め、顔を青くしていた。手足どころか指一本さえ微動だにしない。

「なかなか隙を見せないから、どうしようかと思っていたんだ。家族もいない上に、恋人どころか友人も作らない。徹底的に自分の周囲から他人を排除し続けていたおまえが、ラヴィにだけは反応した。騎士団の中に引っ張り込んで様子を見ていたら、案の定、どんどん自ら壁を崩していくじゃないか。回りくどい手を使った甲斐があったよ」

ラヴィはひたすら混乱するばかりである。彼は何を言っているのだろう。

これではまるで、ラヴィを利用して、シリルを罠に嵌めたかのような――

なんのために？

「正直に言え、シリル」

エリオットは顔から笑みを消して真顔になると、威厳のある声で命令した。

「おまえはアドキンズ伯爵の手の者か？」

「――違います」

シリルは血の気の引いた顔で、はっきりと否定した。

その目がエリオットの顔へ向き、それから捕らわれたラヴィへと移る。彼の表情が苦しげに歪められた。

「団長、どうか……」

「残念だが、すんなりその言葉を受け入れるわけにはいかないよ。おまえが内通の最有力容疑者だ」

「な、内通？」

ラヴィは困惑しながら目だけを動かしてエリオットを見た。王子の金色の瞳がこちらに向けられたが、それはひどく冷え冷えとして、無感情だった。

「アドキンズ伯爵というのは、以前から、黒い噂の絶えない人物でね。まあ、その内容については割愛するけど、とにかく王立騎士団はずっと伯爵を内密に調査していたんだ。しかしなかなか証拠が掴めない。……それどころか」

皮肉げに唇の端が上がった。

「どう考えても、こちらの情報が漏れている気配がある。騎士団の動きが事前に察知されているのだとしたら、どれだけ躍起になったって無駄というものだ。かといって、かの人物を放置しておくわけにもいかない。腐った果物は、一つあるだけですぐに箱の中身をすべて腐らせてしまうものだからね。なるべく早く取り除いてしまわないと、腐敗は加速するばかりだ。それで僕は無能な団長の肩書きを使って、騎士団内の内通者が誰なのかを探っていたというわけさ」

「それがシリルさまだと……？」

震える声でラヴィが問いかけると、エリオットはこともなげに頷いた。

シリルは目を伏せて、唇を引き結んでいる。

「もちろん、他にも容疑者は数人いるよ。しかしどれも決定打に欠ける。次から次へと捕縛して尋問したところで、真実を吐かせられなければ意味がない。それに肝心の伯爵にシラを切られたらそれまでだ。あちらにとっては騎士団の間諜なんて、すぐに切り離せるトカゲの尻尾のようなものだろうからね。伯爵側には気づかれず内通者を特定して、その上で泳がせるか、こちらに取り込まなければ。——その点、このシリルは」

と、顎を動かして指し示した。

「以前から怪しい動きをしていたんだけど、なかなか捉えきれなくて。およそ弱みというものがない男だったから、こちらも手をつけかねていたんだよ。そうしたらある日、ラヴィという絶好の餌が転がり込んできた」

シリルが唯一、無反応でいられない相手。冷たく当たりながら完全に突き放すこともできず、無関心に見せながら常にその動向を気にしている。関わらないでいようとしつつ、それでもいざという時には手を差し伸べずにはいられない。

エリオットは滑らかにつらつらとそう語った。

「しかも平民だから、ある日いきなり姿を消してもそう大した騒ぎにはならないし。貴族の令嬢だとあれこれ面倒だからね。交渉の取り引き材料にするのにはこれ以上ないほど、うってつけの人材だ。本当によく僕の前に現れてくれたね、ラヴィ」

まるで褒めるようにエリオットは目を細めたが、ラヴィはちっとも嬉しくなかった。

「シリルさまは脅しに屈したりしませんよ」

「うん、その信頼がどこから来るのか謎だけど、この場合、悪党は僕ではなくシリルのほうだからね」

「だって、シリルさまにとって、わたしは思い出すのもイヤな昔馴染みなんですから。顔を見るだけでも腹立たしく、一切関わりを持ちたくないと思うほどの、どこからどこまでも憎々しい赤の他人なんです」

「……そうなんだ。本気でそう言ってるの？　どうでもいいけど、さっきからシリルのほうがダメージを受けているようだよ」

いつの間にかシリルは地面に両膝を突き、悄然と肩を落としている。

「ラヴィはこう言っているけど、どうする？　本当に『憎々しい』と思っているのなら、彼女がどうなってもなんとも思わないかな？　まあ僕も鬼じゃないから殺しはしないけど、ここまで内情を知られたからには、黙って帰すわけにも」

「やめてください」

シリルは素早く、そしてきっぱりと言って、膝だけでなく両手も地面に突くと、深々と頭を下げた。

「――俺のことはどう扱っても構いません。お疑いでしたら、牢にでも入れてください。それでもご不満なら、ここで頭を撃ち抜いてくださってもいい。でもどうか、彼女は……ラヴィだけは、無事に家に帰してやってください。ほんの少しでも傷つけるようなことはしないでください」

額ずいて、「お願いします」と血を吐くような声で懇願する。

「シリルさま……」

彼の頭のてっぺんを見つめて、ラヴィは茫然とした。

どうしてわたしのために、そこまで？

ラヴィのことが嫌いだから、今までずっと避けていたのではないのか。

「美しい自己犠牲の精神だね。でも、僕が求めているのはお願いでも謝罪でもないんだ。判るだろう？　まずは真実を明らかにせよ、シリル・レイクス。おまえはアドキンズ伯爵の手の者で、騎士団における内通者か？」

ラヴィに突きつけられた短銃はピクリとも揺るがない。エリオットの声は威厳に溢れていて、苛烈で、逃げることも言い訳も一切許さない断固とした響きがあった。

「……違います」

シリルは再度否定した。

「内通者ではないと？」

「俺は騎士として王国に忠誠を誓った身です。決して裏切るようなことはいたしません」

「しかしアドキンズ伯爵の子息、ルパートと懇意なのは間違いないだろう？」

ルパート、と聞いてラヴィは目を瞠った。以前、シリルが追い払った品のない男性だ。

あれがアドキンズ伯爵の息子なのか。

シリルは少し迷うように視線を彷徨わせた。

「……アドキンズ伯爵に接近しようとしていたのは事実です」

「理由を述べよ」

「その前に、ラヴィを離して……」

「だめだ。時間を与えることもしない。今ここで、すべてを話すんだ」

エリオットは容赦なく畳みかけた。シリルの躊躇を、時間稼ぎかと疑っているようだ。

「…………」

シリルは少しの間無言で考えてから、ラヴィの頭近くにある短銃を見やった。

眉を寄せて下を向き、深い息を吐く。

ぐっと拳を握って、喉の奥から絞り出すように答えた。

「──アドキンズ伯爵は、昔、俺の父を陥れて、死に追いやった張本人だからです」

その内容に意表を突かれたのか、エリオットが目を瞬いた。

「おまえの父親？　レイクス子爵か？」

「いえ、実の父、オルコット伯爵です。父は架空の投資話に騙され、財産を失い、借金まで背負わされて、絶望して自らの命を絶ちました。俺はずっと長いことそれについて調べて、ようやく、あの時裏で糸を引いていたのがアドキンズ伯爵だったと突き止めたんです。俺はどうしても、やつにその罪を償わせたい。あの男が手を染めた悪事のすべてを陽の下に明らかにして、相応の処罰を受けさせたいんです」

王子は何も言わない。シリルの言葉をどこまで信じていいものかと考えているらしい。

その手にある銃がすぐ近くにあるのも忘れて、ラヴィは身を乗り出し、真剣にシリルの話に聞き入った。

「……そのために、騎士の職務とは別に、単独でやつの周辺を探っていました。アドキンズ伯爵は用心深く、狡猾です。他人を容易には信用しない。だからまず息子のルパートに近づきました。あの男は父親と違って頭が軽く、脇も甘いので……」

淡々と述べていたシリルは、そこで言葉を切って顔を上げた。

そして、世にもイヤそうな表情になった。

たぶん、ラヴィが目を輝かせ、満面の笑みを浮かべているのを見たからだろう。

「シリルさま、シリルさま」

「ラヴィ、黙っていて。お願いだから」

「わたし、いいことを思いつきました！」

「君の父上の気持ちがよく判った。心の底から聞きたくない」

「わたしも協力します！　今ならお役に立てます！　七年前はできませんでしたが、今度こそ、一緒にお父さまの仇を討ちましょう！」

「くそっ、絶対にそう言うと思った！　だからラヴィにだけは知られたくなかったのに！」

その場に突っ伏して呻くシリルと、意欲満々なラヴィをまじまじと交互に見つめて、エリオットはようやく持っていた短銃を下ろした。

一拍置いて、ぶふっと勢いよく噴き出す。

「――よし、判った。シリル、可愛いラヴィに免じて、おまえのことは信用しよう。では、この三人でアドキンズ伯爵の罪を暴くとしようか」

その提案に、晴れ晴れと元気よく「はい！」と返事をしたのはラヴィだけで、シリルは両手で頭を抱え、何かを呪うような唸り声を上げた。

第四章　過去、現在、見えない未来

ようやく諸々を諦めたらしいシリルは、非番の日、ラヴィを食事に誘った。

もちろんラヴィは大喜びで承諾した。何を着ていくか、アンディに相談しながらさんざん迷い、うきうきと盛り上がる。ようやくシリルと落ち着いて話ができるのだ、嬉しくないはずがない。

アドキンズ伯爵の件についてはくれぐれも他言無用、とエリオットから厳しく言い含められているので、経緯についてはアンディに説明できなかったのだが、とにかくシリルとの仲が修復できそうだと伝えると、「よかったね、ねえさま」と祝ってくれた。

「ちなみにシリルさまとのことについて、父さまには話しているの？」

「ううん、ぜんぜん」

ラヴィはけろっとして首を横に振った。

そちらは口止めされているからという理由ではなく、単に「面倒そうだから」という理由による。父はあれでも一流の商人なので、ラヴィが厄介事に首を突っ込みそうな気配を察してしまうかもしれない。

「あまり心配させないようにね」

「いやだわ、わたしがお父さまに心配かけるようなことをしたことがあったかしら？」

「それについては返答を避けるけど、この間も、『早く縁談をまとめたほうがあの子も落ち着くかなあ』なんてこぼしていたよ」

「あら……」

それを聞いて、ラヴィは目を瞬いた。

たぶん、王立騎士団に出入りするようになったことが、父親を焦らせている原因の一つなのだろう。第二王子の口添えなんて、いかにも裏がありそうで胡散臭いと考えているに違いない。実際、そのとおりだった。

「あの、ねえさま、念のために確認するけど、シリルさまとは……」

なんとなく遠慮がちに口を開いたアンディに微笑みかけて、ラヴィはその先に続くであろう言葉を遮った。

「判ってるわ」

ちゃんと判っている。今はもう、八歳の子どもではないのだから。

「でも、わたしにとってはどうしても必要なことなのよ」

長いこと抱き続けた恋心に少しずつ砂をかけて、胸の奥のほうへ埋めていくために、必要なことなのだ。

ここに来てくれないか、とシリルに指定されたのは、城下町の中でもあまり目立たない、裏通りにある小さな食堂だった。

ラヴィはこういう店に入ったことがないので少しドキドキしてしまったが、木の扉を開けて入ってみれば、ふわっと香ばしい匂いの漂う、穏やかそうな店だった。テーブルと椅子の数は多くないが、柄の悪い男たちが大声を上げて酒盛りしているということもない。

「ラヴィ、ここだ」

先に来ていたシリルが、ラヴィの姿を見てほっとしたように軽く腰を上げた。

「お待たせいたしました、シリルさま」

「いや。そんなことより、ここまではどうやって？　まさか屋敷から一人で来たわけではないんだろう？」

尾行でもされていないかと警戒しているらしい。さすが騎士さまだけあって用心深いわ、とラヴィは感心した。

「近くまでは馬車に乗ってきましたけど、降りてからこのお店までは歩いてきました。後をついてくるような人がいないかどうか、一応確認しながら来たので、大丈夫だと思いますけど」

今のラヴィとシリルは、「第二王子から下された極秘任務」に着手したところだ。エリオットからは、二人で話しているところを他人には極力見られないように、と注意されている。ラヴィはラヴィで、それなりに緊張しながらここまで来たのである。

「そうか……絡まれたりはしなかった？　ここらへんはあまり治安がよくないんだ。本当は俺が屋敷まで迎えに行くべきだったんだが」

「そんなことをしたら、いろいろ台無しになってしまいますよ」

「目立たないためとはいえ、こんなところまで来させて、ラヴィがもしも変なやつに狙われたりしたらどうしようかと、生きた心地がしなかった。もしも危ない目に遭ったりしたら、すぐ大声を出すんだよ、いいね？」

んん……？

ラヴィは首を傾げて、シリルの真面目な顔を見返した。

なんだか、尾行を心配しているというよりは、単純にラヴィの一人歩きを案じているだけのような……？

「え……と、シリルさまは、こちらのお店によく来られるんですか？」

「ああ。この店は夜しか酒を出さないから、昼間は静かなんだ。知り合いに会うことは滅多にないし、町に下りた時にはここで食べるようにしている。味もまあ、悪くない。ラヴィの口に合うかどうかは判らないが」

そう言いながら渡されたメニューを、ラヴィはわくわくしながら開いた。

客から声をかけられない限り寄ってこない不愛想な店主といい、殴り書きのようなメニューといい、ラヴィが普段行くような店とは何かと趣が違っている。

「すまない。ニコルソン商会の令嬢が入るような店でないことは承知しているが、今はあまり人目につくところには……」

「なぜ謝られるのです？　いつも行くようなお店ではないからこそ、楽しいのではないですか。それに、シリルさまが味は悪くないとおっしゃるなら、なおさら期待してしまいますよ。あらっ、シリルさま、お豆と肉の煮込みですって、美味しそう！」

「ああ、この店のはじっくり時間をかけて煮込むから、肉がトロトロになっていて柔らかいんだ。硬いパンを浸して食べると、さらに旨い。あと、この『玉ねぎのパイ』というのは、チーズをたっぷりかけて焼いたもので……」

「まあ、シリルさま、玉ねぎが食べられるようになったのですか。昔はこっそり皿の隅に除けるほど苦手でしたのに」

「いつの話を……」

シリルが少し赤くなって、ラヴィはニコニコ笑った。彼はもう、過去の思い出を否定することも、覚えていないと突っ撥ねることもない。それが本当に嬉しかった。

彼の眼差しは落ち着いていて、言葉の端々にもこちらへの気遣いが感じられる。こうしていると、少年だった頃の優しくて面倒見のいいシリルが目の前に戻ってきたようだ。

とにかく気になったものを片っ端から注文して、「しばらく待ってな」と愛想のない返事とともに店主が厨房へ入ったところで、シリルが改めてラヴィのほうに向き直り、姿勢を正した。

「……話をする前に、まずは謝罪したい。今まで君に対してひどい態度ばかりとって、すまなかった」

真摯な口調でそう言って、深々と頭を下げる。

ラヴィはそれを止めることも遮ることもせず、きちんと正面から受け止めた。謝ってほしいと思ったことはないが、きっとシリルにとっては、これが「必要なこと」なのだろうと思ったからだ。

「では、シリルさまのことをお訊ねしてもよろしいのでしょうか」

「もちろんだ」

シリルが静かに頷いて、ラヴィと顔を合わせる。その視線が逸らされることはない。彼の青い瞳は、昔と同じく綺麗に澄んでいた。

「……そうだな、どこから始めようか」

長い指がテーブルを小さくトンと叩く。

中空に向けられた眼差しが、遠くを眺めるものになった。

——俺の父親、オルコット伯爵が亡くなったのは、ラヴィも知ってのとおり、十五の冬のことだった。

寄宿学校で教師から伝えられたのは、「何か問題が起きたらしいから、すぐ領地に戻れ」ということだけで、詳細はさっぱり判らなかった。だから俺はてっきり領地内で大きな事故でもあったのかと考えていたんだ。

帰ってみたら驚きだよ。父親は首を吊っていて、母親は泣くばかり。屋敷内は大混乱で、収拾がつかない有様だったからね。

執事から聞き出してみれば、父は投資に失敗して、大きな借金を負い、領地も手放さなくてはならない状態だという。何から何まで、寝耳に水だった。母も何も知らず、何も気づかず、優雅に過ごしていたというから呑気なものだ。父は、自分の失敗を誰にも打ち明けることなく、表面上は威厳を保ち続けていたらしい。

きっと、自分でも認めたくなかったんだろうね。自尊心の高い人だったから。怪しい投資話に乗っかって、全財産を失ったなんてこと、とても言えなかったんだろう。

そして自分だけ、さっさと死に逃げてしまった。

今でも思う。父は、死の直前まで、ちらりとでも妻子の顔が頭を過ぎらなかったんだろうか。過ぎったとしても、それは自死を思いとどまる理由にはなり得なかったんだろうか。自分だけが苦しかった？　父の死によって、残されることになる母と俺が、どれだけの苦しみを背負うことになるか、想像することもできないくらいに？

……ああ、ごめん。どうしても少し感情的になってしまって……なるべく事実だけを話すようにするから。

それで――そう、寄宿学校から戻ってきた俺は、父が投げ出したものの後始末にひたすら追われることになった。母は嘆くばかりでろくに話もできないから、執事と相談してなんとか葬儀の手配をして……葬儀といっても、弔問客は野次馬か借金取りくらいのものだったけどね。

ラヴィの父上からも訪問したいと言われたけど、母が断ってしまった。彼女としては、これ以上我が家の恥を知られたくない、という一心だったんだろう。

それまでに周囲からさんざん侮蔑的なことを言われて、精神的に消耗していたから、金切り声で喚いて手に負えなかった。あの時、ニコルソン商会の会長に相談に乗ってもらえていたら、少しは状況がマシになっていたんじゃないかと、今でも後悔している。

いや……違うな。たぶん俺にも、母と同じく、見栄があったんだろう。

父が自死して財政が破綻し、学校も退学することになり、屋敷も領地も手放さざるを得なくなったなんて、ラヴィに知られたら恥ずかしい、と思う気持ちは確かにあった。

いつでもキラキラした目で俺を見てくれる君にだけは、幻滅されたくなかったんだ。

結局、俺たち二人は、母の実家のレイクス子爵家に身を寄せることになった。市井に下って一からやり直すという発想は、母の頭にはカケラもなかったよ。もしそんなことになったとしても、母には耐えられなかっただろうけど。

でも、子爵家に行ったところで、俺たち親子に居場所なんてなかった。以前は、格上の伯爵家に嫁いだために実家から一目置かれていた母だけれど、その後ろ盾も財産もなくなれば、単なる邪魔な居候でしかない。子爵家は代替わりして、当主が母の父ではなく弟になっていたから、余計にね。

俺と母は、小さな離れを与えられ、理由がなければ母屋には立ち入ることも許されなかった。食事も最低限、それでさえいちいち子爵夫人に嫌みを言われる。

前当主の計らいで、俺は名前だけ子爵家の養子ということになったけど、実態はただの使用人扱いだった。

朝から晩まで慣れない労働をさせられて、年下の従弟の従者役を押しつけられた。こいつがまた、甘やかされて育ったからか、我が儘放題のクソガキで……少しでも気に入らないと殴りつけてくるわ、剣の稽古の相手をしろと言いながら無抵抗を命じてくるわで、俺はいつも生傷が絶えなかったよ。

結局あいつは節制からは程遠い食生活のせいで、病気になって早死にする羽目になったわけだが、同情はしなかったね。

いや、俺のことはいいんだ。腹立たしいこと、悔しいことは数えきれないくらいあったけど、しょうがないと割り切ることもできたし、怒りを土台にして踏ん張ることもできた。

でも……母は。

生まれた時から貴族令嬢として囲い込まれて育ち、特に伯爵夫人になってからは常に他人から見上げられる立場にあった母は、一年も経たないうちに、その生活にすっかり参ってしまった。

無理もない。ただでさえ、心痛が重なっていたんだ。

身体は痩せ細って、見る影もないくらいに窶れ、精神的にも不安定になり、一日中ぼんやりしていた。何かと庇ってくれた前当主——母の父親が亡くなると、とうとう倒れてそのまま寝つくことになった。

そうなったら余計に子爵家では持て余されてね……まあ、なんの役にも立たないのに、薬代はかかるというんじゃ、母の存在はただの厄介者でしかなかったんだろう。

その結果、ますます冷遇されて、最後は俺以外の誰からも面倒を見てもらえず、ひっそりと息を引き取った。

死の間際、苦しい息の下で、俺の顔を見て「まあシリル、あなたいつ寄宿学校から帰ったの？」なんて言うものだから、咄嗟に「たった今」と答えてしまったよ。

きっと、俺がラヴィとはじめて会った十三歳くらいの時の夢を見ていたんじゃないかな。

母にとって、それが人生でいちばん幸せな頃であっただろうから。

自分の弟に邪険にされて、その妻には苛められても言い返せず、父亡き後の母はつらいことばかりの毎日だったけど、その幸せな夢の中で逝けたことは、まだよかったと思っている。

――母がいなくなれば、子爵家にい続ける理由もない。父同様、悼む人もいない寂しい葬儀を終えると、俺はそこを飛び出して騎士団に入った。

騎士になれば宿願が果たせると――そう思ったんだ。


シリルの話が終わっても、ラヴィはしばらく口を開くことができなかった。

父親のオルコット伯爵を亡くしてから、シリルはきっと大変だっただろうとは思っていた。しかし彼の話は、自分の想像を軽々と超えてはるかに壮絶だった。

抑えた口調で淡々と語られた内容は、これでも最低限でしかないのだろう。おそらく、実際のところはもっと屈辱的なことも、苦痛だったことも多くあったに違いない。

けれど、それは自分が踏み込んでいい領域ではないと、ラヴィはぐっと言葉を呑み込んだ。きっとシリルもそれは望んでいないはず。

彼にとってこの話は、あくまで本題に入るための前置きに過ぎないのだから。

「宿願、というと」

ようやくラヴィが問いかけたところで、店主が両手に料理の皿を持ってやって来た。彼が注文の品を次々とテーブルに並べている間、二人して口を噤む。

シリルは目を壁のシミに向けて口元に手を当て、これから話さねばならないことと、自分の心のほうを整理しているようだった。

なるべく追憶に引っ張られないように。

「——子爵家にいた間」

店主がまた厨房に戻ると、シリルはぽつぽつとした調子で話を再開した。

「俺はできるだけ情報を得ようと躍起になっていた。伯爵家に勤めていた使用人たちは全員辞めてもらったが、最後までいてくれた執事が、『旦那さまが、持ちかけられた投資話に乗りさえしなければ、こんなことにはならなかった』と俺に漏らしたからだ。考えてみれば、それまでその手のものにまったく興味のなかった父が、いきなり投資を始めるなんておかしい。それまでそれについての知識だって大してなかった。だとしたら、誰か第三の人物が介在していたはず。父はその誰かに嵌められたんだと、俺は確信した」

だからラヴィとの別れの時も、「父は悪い人に騙されて何もかもを失った」と言っていたのだ。

子爵家でこき使われる傍ら、シリルは自力で調査を開始した。管財人に連絡を取ってすべての書類に目を通し、父親の知人友人に片っ端から手紙を書いて、何か知っていることがあるなら教えてほしいと頼み込んで。

「一時期、父がしきりと誰かと会っていたようだとは、母も言っていた。ただそれがどこの誰で、どんな話をしていたかまでは判らない。父は、母には社交のことだけ任せて、それ以外のことは何も教えていなかったんだ」

領地のことも、オルコット家の懐事情も。

「おそらく俺が寄宿学校へ行っている間、伯爵家の財政は徐々に苦しくなっていたんだと思う。しかし父は、そのことを俺にも母にも必死に隠していた。気づかれまいとしてか、家計を切り詰めることもしなかったから、母は父が亡くなる前日まで、次に仕立てるドレスはどんなデザインにしようかと考えていたそうだよ」

シリルは苦笑した。

ディルトニア王国内では、貴族は年々弱体化しつつある。爵位が高くても金銭的に苦しくなることは珍しくない。そういう場合、大抵は貴族の誇りをなげうってでも平民の商人に頭を下げ、金を借りたりするものだが、オルコット伯爵はどうしても、それだけはできなかったのだ。

自分でなんとかしようと焦り、詳しいわけでもないのに差し出された怪しげな投資話に乗って、逆に破滅への道を進んでしまった。

「何もお力になれず……」

しゅんとして頭を下げかけたラヴィを、シリルが手を上げて止めた。

「父は決してラヴィの父上を信用していなかったわけじゃないんだ。ただ、『貴族』という鎖に強く縛られすぎていた。つまらない自尊心なんてさっさと捨てていればよかったのに、そうしなかったのは父の罪だ。自分だけ逃げてしまったことについては、俺はまだあの人を許していない」

突き放すようなことを言って、目を伏せる。

「でも……父一人だけに罪がある、とも思っていない」

テーブルの上にあった手が拳になって握られた。今までずっと淡々としていた声に、隠しきれない怒りが滲んでいる。

「偽りだらけの投資話を持ちかけて父を騙し、伯爵家の財産を根こそぎ掠め取っていった誰かがいる。しかしそいつはひどく狡猾で用心深く、自分の痕跡をほとんど残していかなかったから、見つけ出すのは容易じゃなかった。結局、俺がその人物を特定するまでに、五年以上もの月日がかかってしまった」

それが、アドキンズ伯爵だったということだ。

「伯爵本人に接近するのは難しく、その息子のルパートに標的を変えて、さらに時間を費やした。だけど何年かかってもいい、俺はどうしても、あいつに罪を償わせたい。父が亡くなってから、ずっとそればかりを考え続けていたんだ」

その途中で母を亡くし、たった一人で。

――あの男が手を染めた悪事のすべてを陽の下に明らかにして、相応の処罰を受けさせたい、とエリオットにも言っていた。

「それは、法の裁きを受けさせたい、という意味なのでしょうか」

「そう。アドキンズ伯爵には他にもいろいろと黒い噂があってね。それらをまとめて法廷の場で本人に突きつけてやりたいと思っている」

「……ご自分の手で復讐したいとは、思われなかったのですか？」

少しためらいがちに問いかけたのは、ラヴィならきっとそう考えるだろう、と思ったからだ。

相手は、父を自死に追いやり、自分と母を苦しい境遇に突き落とした人物である。その男のせいでシリルは平和な日々を失い、約束されていた将来も失って、虐待めいた扱いをされても黙って耐えるしかなかった。倍にしてやり返したい、せめて同じ思いをさせてやりたいと願うのは、人として当然の心理なのではないか。

「まったく思わなかったと言えば、それはもちろん嘘になるけど」

そこでシリルのまとっていた空気がふっと和らいだ。

固かった顎の線が緩み、わずかに口角が上がる。

「……そんな時はいつも、ラヴィの顔が浮かんで」

「え、わたしですか？」

まさかここで自分の名が出てくるとは思わなかったので、ラヴィはびっくりした。

「うん。父上の商会を乗っ取って秘密組織を立ち上げ、俺に代わって悪人を懲らしめてやるんだ！　と勇ましく宣言した、小さな女の子の顔をね。その時のラヴィの真剣な顔と突飛な台詞を思い出すたび、笑いが込み上げ……いや、冷静さを取り戻して」

今、言い直しましたね？

「どんなに惨めで悔しくても、アドキンズ伯爵への憎悪が湧いても、ラヴィにそんなことをさせたらいけないな、と思うとなんとか気持ちが落ち着いた。汚い手を使って伯爵を陥れるような真似をすれば、今度は俺自身が『悪人』になってしまう。ラヴィに軽蔑されるような人間にだけは、成り下がりたくなかった」

「軽蔑なんて……わたし、そんな立派な人間じゃありません」

ラヴィはおろおろしながら反論した。

シリルは少し、昔のことを美化しすぎていないだろうか。ラヴィはそれほど「正しさ」

にこだわる潔癖な人間ではないし、多少汚かろうがなんだろうが、場合によっては手段よりも目的を優先させるのはアリだと考えている。

「いや、これは俺の内面の問題だから。……小さなラヴィは、あの頃の幸福な思い出も含めて、俺に残された唯一の宝物だったんだ」

「宝物……」

その言葉に、じわりと熱いものが胸に込み上げた。

ラヴィは、シリルと過ごした二年のことを、「宝石」だと思っていた。美しく輝いて、時に取り出しては磨き上げ、そのたびに心が満たされる、そういうものだと。

――シリルも、似たようなことを思っていたのだろうか。

あの頃の記憶と思い出を、大事に自分の中にしまっておいてくれたのか。

だとしたら、それだけで、小さなラヴィの恋心はきっと報われる。幼かった自分の、愚かだけれど一途で全力な想いは、無駄ではなかったと思うことができる。

「だから、君にはこれ以上この件には関わってほしくな――」

「判りました、シリルさま！　なんとしても伯爵に罪を償わせましょう！　わたしも頑張ります！」

「聞いてない……」

力強く言ったら、シリルが片手で顔を覆って天を仰いだ。

「そうとなったら、まずは力をつけないといけませんね！　冷めないうちにお食事をいただきましょう。わあ、美味しそう！」

顔を覆っていた手を外すと、シリルは改めて苦々しい表情になって、フォークを持ったラヴィに厳しい目を向けた。

「ラヴィ、真剣に聞いて」

「わたしはいつでも真剣そのものです」

「今日はそれを言うために、君を呼んだんだ。ずっと距離を取っていたのは、どうしてもラヴィを俺の事情に巻き込みたくなかったからだ。アドキンズ伯爵は、君が思うよりもずっと危険な人物なんだ。もしもやつに目をつけられたら、どんな形で利用されるか判らない。俺は自分以外の誰もこの件に関わらせたくないし、誰に何を言われてもずっと一人のままでいいと考えていた。特にラヴィは……団長には俺からもう一度話すから」

「そういえば、シリルさまは本当は、いつからわたしのこと気づいておいでだったんですか？」

ころっと方向を変えて訊ねると、シリルはわずかにたじろいだ。

「それは……その、最初から」

「公開演習の後、わたしがシリルさまを呼び止めた時ですか？」

「ああ。背が伸びて、手足もすらっと長くなっていたが、こちらをまっすぐ見つめるその栗色の大きな瞳は昔のままだったから、すぐに判った。……ずいぶん綺麗な女性に成長していて、驚いたよ」

最後の言葉は、少し目を逸らしながら、もごもごとした口調で付け加えられた。あの時のツンケンした態度からは想像もできないその感想に、ラヴィのほうこそ驚いた。

いや、あれもシリル、これもシリル、ということなのだろう。「孤高の冬狼」と呼ばれるくらい完璧に冷たく振る舞える面もあれば、女性に対する社交辞令として褒め言葉を忘れない紳士の面もある。

ああそうか、とラヴィは今になって実感した。

現在ここにいるのは、昔とは外見も一人称も変わり、ラヴィの知らないところで様々な経験を積んだ「大人のシリル」なのだ。

長身になり、肩幅が広くなり、手だってラヴィの倍くらい大きい。顎が尖り、全体的にごつごつして、目には鋭い光を宿すようになった。

ラヴィが一生懸命追いかけていた、美しい夢と希望を抱き純粋な目をした「少年」は、もういなくなってしまった。

シリルにはシリルの過去がある。ラヴィと離れていた七年、彼は世界の厳しさと非情さを知り、人の醜く無慈悲なところを見てきた。その間つらいことが多かっただろうが、それもまた今のシリルを形づくる貴重な時間であったはず。

そのことを無視して、子どもだった頃の面影をそのまま現在の彼の上に被せてしまうのは、ひどく身勝手で失礼なことに思えた。

出かける前、アンディと交わした会話を思い出す。

やっぱりこれは必要な作業だった。ラヴィがいつまでも過去をずるずると引きずらないために。

「判りました。では、その件についてはもう何も言いません。本題に戻りましょう」

「いや、俺にとってはこちらが本題……」

「アドキンズ伯爵の黒い噂というのは、具体的にはどういうものなのですか？」

ずいっと詰め寄ると、シリルは深く大きなため息をついた。

「ラヴィ、もう一度確認するけど、この件から手を引く気は……」

「毛頭ありません」

きっぱり言いきると、もう一つため息を追加し、がっくりとうな垂れた。

「ああもう……本当にイヤだ。イヤだけど、これ以上撥ねつけると、ラヴィが次に何をしでかすか判らなくて、そっちのほうがよっぽど怖い……」

髪に手を突っ込んでくしゃりと掻き回し、ぼそぼそ呟く。シルバーグレーのサラサラな髪が乱れてしまいますよ、とラヴィは心配になった。

「シリルさま、お料理、食べません？」

「うん、そうだな……」

もう一度促すと、シリルは渋々のようにテーブルの上の皿に手をつけ始めた。

「――アドキンズ伯爵の黒い噂は、いくつかある。詐欺、脅迫、汚職、脱税……しかしどれも確たる証拠がない。その中でも、俺が重点的に調べていたのは」

やっと観念したと見えて、ゆっくりとナイフで肉を切り分けながら、シリルがラヴィの問いに答え始めた。こんな場末の店でも、彼の手つきはさすがに洗練されている。

「伯爵が手掛けている事業の中に薬の輸入があるんだが、どう考えてもその収支が合っていないようなんだ。まあ、その資金源になったのも、おそらく出所は怪しげなものばかりなんだろうが……それらを暴く最初の取っ掛かりとしても、まずはその金の動きを押さえたいと考えている。ラヴィ、今もキイチゴは好き？」

「はい、大好きです。薬、ですか？」

「そう。他国から取り寄せるしか入手方法がない、というもので……それを扱えるのはごく限られた一部のみだ。伯爵はその一部のうちに名を連ねていて、登録も問題なくされているんだが、どうも『儲けすぎ』という感じがしてならない。……ここのキイチゴ水は少し酸味があるが旨いんだ、飲んでみて」

「ありがとうございます。そうですか、他国から……」

ラヴィは勧められたキイチゴ水に口をつけながら、首を捻った。

……なんだか、これとよく似た話を聞いたことがあるような。

「希少な薬だから、仕入れられる量は決して多くない。しかしどう考えても、その数倍は売りさばいているように思える。偽物を混ぜているんじゃないかと俺は疑っているんだが、それにしてはどこからも被害を訴える声がないというのもおかしい。その薬についてもっと詳しく知りたいと思っても、遠方の異国、しかもある地域でしか原料が採れないものらしくて——もっと他に頼もうか。甘いものはあったかな」

「いえ、もう十分です。それよりもシリルさま」

「ん？」

「もしかしてその薬とは、『竜の血』ではありませんか？」

その名を出すと、難しい顔でメニューを吟味していたシリルは、ピタリと動きを止めて大きく目を見開いた。

「驚いた……知っているのか？　ディルトニア国内ではあまり出回っていない薬だから、そんな名前すら聞いたことがないという者が大半なのに。ニコルソン商会では薬は扱っていないはずだろう？」

「やっぱりそうなんですね」

ラヴィは考えながら、うんうんと頷いた。

クレアが飲んでいた「竜の血」。こんなところで出てくることになろうとは思ってもいなかった。世間は広いようで狭い。

「でしたらやっぱり、シリルさまは、わたしにその話をして正解でしたよ」

にっこりしながらそう言うと、シリルは「は？」と戸惑う顔になった。

「アドキンズ伯爵が売っているのはたぶん、『竜の血』ではなくて、『魔女の血』のほうだと思います」

数日後、ラヴィはシリルとエリオットを伴って、クレアのもとを訪れた。

現在、彼女は結婚して、シンプソン子爵家の嫡男ハロルドの妻、という立場になっている。突然連絡したにもかかわらず、クレアとその夫は快くラヴィを歓迎してくれたが、連れている人間を見た途端、揃って顔を強張らせた。

「あ、ご紹介しますね。こちらは王立騎士団団長のエリオットさま、そしてこちらが、さんざんお話ししたシリルさまです」

「お……王立騎士団団長って、ちょっとラヴィ」

そちらについては事前に何も言っていなかったので、夫婦して蒼褪めて、慌てて臣下の礼を取る。クレアもハロルドも、ラヴィと違って顔と肩書きだけで、彼が誰なのかすぐに判ったらしかった。

「ああ、二人とも、固くならないで。今日の僕は、ラヴィの友人という立場でここに来ているから、単なる『エリオット』として接してくれ。ラヴィにもシリルにも、『殿下』なんて余計なものはつけなくていいと言ってある」

騎士団長で第二王子のエリオットは片目を瞑って軽い口調で言ったが、クレアとハロルドは正直に「そんな無茶な」という顔をした。気の毒に。

屋敷の応接間に腰を落ち着けてからも、平然としているのはエリオットだけで、夫妻はガチガチに緊張したままだった。

さすがに護衛くらいはついているが、彼らは部屋の外で待機させている。こんな形で王族が一貴族の屋敷に突撃訪問するなんて異例中の異例、とのことだ。王子と次期子爵夫妻と騎士と平民が一つのテーブルを囲むという光景は、たぶんこの一回きりだろう。

クレアがこっそりと恨みがましい目を向けてきたので、ラヴィは申し訳ありませんと頭を下げてから、あとは素知らぬふりをした。ラヴィとて王子に「友人」なんて言われて平常心でいられるわけではないが、どうしようもないではないか。

率直に言えば、いきなり短銃を頭に突きつけてくるような物騒な友人なんて、心からお断りしたい。

あの銃には実は弾丸が入っていなかったらしいが、それとこれとは別だ。

「——さて、今日こちらに伺ったのは、聞きたいことがあったからなんだ」

この状況で一人ゆったりと寛いでいるエリオットが切り出す。クレアとハロルドは飛び上がるように「は、はい……!」と返事をした。

「シンプソン夫人は、『竜の血』という薬を知っているそうだね？」

「え……」

問われた内容が意外だったためか、クレアはぽかんとした。咄嗟に妻を庇おうと前のめりになったハロルドも、目を瞬いている。

「はい、存じております。以前は定期的に飲んでおりました」

「以前というと、今は？」

「もう体調を大きく崩すことがほとんどなくなりましたので、他の薬に切り替えたのです。あの……竜の血はかなり高価なものですし」

恥ずかしげに目を伏せる。その頬がほんのりと赤く色づいたのを見て、まあクレアさま、すっかり健康的な顔色におなりになって……とラヴィはしみじみした。これなら確かに、もう竜の血は必要なさそうだ。

「うんそうか。実物を見てみたかったけど、仕方ないね」

ここはまずクレアが元気になったことを喜ぶべきだと思うが、あからさまに残念そうな顔をしているこの王子には、人の心がないのだろうか。

「ラヴィが非難がましい目で見ているから、さっさと用件を済ませてしまおうか。では夫人、『魔女の血』については知っているかな？」

「は……」

クレアはますます呆気にとられた。夫であるハロルドも、そちらの名前は初耳なのか、怪訝そうに彼女に目をやる。

「魔女の血……はい、浅くですが知識としては」

「どんなものなのか、説明してもらっても？」

クレアは困惑したように隣のハロルドを見たが、王子の要請を断れるはずもない。

ラヴィの顔を一瞥してから、ためらいつつ口を開いた。

「……竜の血は、『竜の樹』と呼ばれる木の樹液を原料として作られる薬なのですが、竜の樹自体が非常に数が少ないため、その樹液もあまり採れません。一方、竜の樹とよく似た樹木がございまして、そちらは数が多く、育てるのも比較的容易です。樹液も同じように赤く、竜の血と似たような効用のある薬ができます」

「ふむ……するとその樹木からは、『竜の血』よりも安価で、手に入りやすい薬が作れる。ということか」

エリオットは手で顎を撫でながら呟いた。

シリルが黙って固い表情をしているのは、「それを伯爵が竜の血と偽って高値で売っていても、罪とするには難しいのではないか」という懸念があるからなのだろう。

しかしこれはおそらく、そんな悠長な問題ではない。だからラヴィは、迷惑をかけることになると判っていても、こうしてクレアのところを訪ねたのだ。

「作れますが、それはいけません」

きっぱりと言うクレアに、エリオットは、ん？　と顔を上げた。

先程までどこか怯えているようだったクレアは、まっすぐ背筋を伸ばし、毅然とした態度でエリオットを見つめている。それを見て、ラヴィは自分の選択が間違いではなかったと安堵した。

以前、「竜の血」とよく似た「魔女の血」についての説明をしてくれた時も、クレアは今と同じ厳しい表情をしていた。ラヴィはそれを聞いて、毒と薬は紙一重なのだと思ったものだ。

竜の血の恩恵を受けた彼女だからこそ、言葉に込められた重みが違う。

「いけないというと？」

「そちらもまた発作を抑える作用があるのですが、『竜の血』と比べると、効果はさほど高くありません。ただ、常用していれば、普通の生活くらいはできるようになります。けれども……なによりこれが重要なのですが、その薬は使い続けていると、副作用が出てくるのです」

「副作用？」

「そうです。人体に悪い影響を及ぼすものです」

「具体的には」

「譫妄状態——つまり、意識が混乱してくる、と言えばよろしいでしょうか。最初は少しぼんやりする、というくらいなのですが、使用を続けているとそれが徐々に悪化していくのです。ひどい場合には、うわ言を言ったり、幻覚を見たり、叫んだり暴れたりすることもあります。この薬の最も厄介なところは、そのような症状が出てきて、本人や家族が異常に気づいた時にはすでに、薬なしではいられない身体になっている、ということなのです。一度手を出したら、あとはずぶずぶと泥沼に沈むように堕ちていくだけ……そういう理由から、『魔女の血』という名がついた、と言われています」

「それは……最悪だ」

エリオットは顔をしかめた。

クレアも「そのとおりです」と同意して、深く頷いた。

「ですから国によっては、厳しく法で禁じているところもあります。でもディルトニアには、まだその危険性が伝わっておりません。わたくしは自分自身が飲むものですから、『竜の血』と『魔女の血』について、文献を取り寄せてでも調べましたが、この国でそれらの薬の名を二つとも知っている人は、ほとんどいないと思います」

きびきびとした調子でそこまで説明したクレアは、急に我に返ったようにはっとして、口に手を当てた。

「申し訳ございません、わたくしったら……」

今自分が話している相手は王子だった、ということを思い出したらしい。一緒になって頭を下げたハロルドとクレアの二人に向けて、エリオットは手を振った。

「いや、本当に気にしないでくれ。話を聞きたいと押しかけてきたのは、こちらなのだからね」

「そうですよ、クレアさま。勝手についてきたのはエリオットさまなのですから」

「ラヴィはもうちょっと僕への敬意があってもいいと思うけど。とにかく、非常に判りやすくて助かった。夫人は博識だな」

「い、いいえ、とんでもないことでございます」

クレアはかしこまって身を縮めたが、嬉しそうだ。

エリオットは騎士団内では「名前だけの無能な騎士団長」として振る舞っているし、団員からも陰でこそこそ言われていたりするのだが、こうして鷹揚に労う態度を見ていると、やはり威厳がある。王族に認められるというのは、貴族にとってなにより栄誉なことなのだろう。

「なんだい、ラヴィ。ようやく僕を見直す気になった？」

「はい。クレアさまをもっと褒めて差し上げてください」

「夏鳥！　あ、あら、失礼いたしました」

以前の愛称でラヴィを叱りつけて、クレアが赤くなる。

「夏鳥？」とシリルとエリオットが不思議そうな顔をしたが、それについてはクレアもラヴィも返答を避けた。あまり積極的に話したい由来ではないのだ。

「まあいいや。とにかく、そんなものが大量にこの国に出回ったりしたら大変なことになる。知っていて売っているのだとしたら、なおさらだ」

　竜の血はかなり高額で、病気に効くと判っていてもなかなか手を出せない。しかし、もっと安くて似たような効用の薬があると知ったら、欲しがる人は多いはずだ。

だがそれを一度使い始めたら、同じものを購入し続けなければならない。度重なる使用により「幻を見て、おかしなことを言ったり騒いだりするようになる」という副作用を発症した貴族は、致命的な噂に発展するのを恐れて、必死に隠すだろう。

　シリルが訝しんでいた「どこからも被害を訴える声がない」というのは、そういう理由によるものだったのではないか。

　それらを見越した上で売っているのなら、少しでも良くなりたいと願う病人の気持ちに付け込んだ、あまりにも悪質な手口だ。

「罪に問えますか」

シリルがひたとエリオットに視線を据えて、慎重に訊ねた。

「魔女の血」は、ディルトニア王国ではまだ法で禁じられていない。「竜の血」だと思っていた、副作用についても知らなかった、と言い逃れをされてしまえばそれまでだ。違法行為あるいは犯罪として捕縛できるかどうかは、かなりギリギリの線だろう。アドキンズ伯爵というのは、確かに悪知恵の働く人物であるらしい。

いつも何を考えているのかよく判らないエリオットは、薄い笑みを浮かべた。

「こう見えて僕は王子だぞ？　これを『罪』にするための根回しや下準備なんて、いくらでもしてやる。いいか、これから本格的に動く。今度こそ、奴の尻尾を摑むんだ」

「はい」

シリルは真剣な面持ちで頷いた。

「シンプソン夫妻も、この件は内密に頼む。ラヴィが君たち二人のことは信用できると言っていた」

「承知しました。決して外に漏らすことはいたしません。私たちにできることがあれば、協力させていただきます」

「ええ。病で苦しむ人をさらに苦しめるような人間を、許してはおけません」

ハロルドとクレアも、礼を取って誓いを立てる。

エリオットが不敵な笑みを浮かべた。

「よし、我々は一つのチームというわけだ。ラヴィにも働いてもらうよ、いいかい？」

「はい！」

念押しされたラヴィが嬉々として返事をすると、シリルはまた深いため息をついた。

諦めの悪い人である。

「ラヴィ、この一月ほど、シリルを追いかけ回していないな。もうやめたのか？」

いつものように騎士団詰め所でご用聞きをしていたラヴィに、そう訊ねてきたのはノーマンだった。

ラヴィはちらっと周囲に目をやった。休憩所では騎士たちがそれぞれ雑談に興じたりして休息を取っているが、その中にシリルの姿はない。

少し顔を寄せ、抑えた声で返事をする。

「……そうなのです。これ以上しつこくするのは、シリルさまにとってご迷惑以外の何物でもないでしょうから、諦めました」

「えらく謙虚なことを言うようになったな。俺はラヴィを応援していたんだが」

「娯楽としてでしょう？」

「当たり前だろ。シリルなんて、どんどん迷惑をかけてやりゃいいんだよ」

ふん、と鼻で笑うように言い放つノーマンは、まだシリルに対して悪感情を抱いているらしい。今後のシリルを案じて、ラヴィは眉を下げた。

これでは伯爵の件を解決したとしても、騎士団員たちとの間に信頼関係を作るのは、かなり難しいのではないか。

「シリルさまは真面目な方ですよ。それはノーマンさまだってご存じでしょう？」

「まあ……それはそうだが」

そこは否定できないのか、ノーマンが不承不承認めて口を結ぶ。

「ですからどうか、そんなことはおっしゃらないでください。シリルさまも同じ騎士団の仲間ではありませんか」

ラヴィは殊勝げにそう言って、微笑んだ。

しかし内心では不満タラタラだ。ストレスがたまってしょうがない。

本当は、十でも二十でもシリルの美点を並べ立てたいのである。これまで辛酸を舐めてきたというのに、それでも歪まずに生きてきたその性質の素晴らしさを一日かけて語りたい。彼がずっと仲間を遠ざけていたのは、万が一のことを考えて誰にも迷惑をかけたくなかったからなんですよ！

が、なにしろラヴィとシリルは、第二王子エリオットから、「二人は無関係というように装うこと、特に騎士団内では」と厳命されている。

王立騎士団には、アドキンズ伯爵の内通者がいると目されているからだ。それが誰なのか判らない以上、注意深く行動せねばならないのだという。

そのため、人目のあるところでは、ラヴィはシリルに近づくのを避けているし、彼のほうでも距離を取るようにしているのだ。

シリルは以前からそうだったので別になんとも思われていないようだが、ラヴィが掌を返すように態度を変えては、怪しむ人もいるかもしれない。

傷心しているように思われたほうが、これ以上突っ込まれずに済むだろうかと、ラヴィはいかにも悲しげな顔を作って、息を吐いた。

「わたしのためを思うなら、そっとしておいていただけると……」

「ああ、いや、すまん。でもまあアレだ、そんなに悲観することもないさ」

まんまとラヴィの演技に乗せられて、ノーマンがちょっと慌てたように手を振った。さすが女性に優しいと言われるだけのことはある。

「俺は、完全に脈なしというわけでもないと思ってるぞ」

話が意外な方向に向かって、ん？　とラヴィは首を捻った。

「どうしてです？」

「いや、騎士の中で、ラヴィに目をつけてるやつが何人かいるんだけどな。そいつらが先日、『どうやってあの娘を落とすか』なんてことで騒いでいたんだ。そうしたらいつの間にか、近くにシリルが立っていて」

　その時、シリルはいつにも増して無表情であったらしい。無言なのに全身から立ち上る空気は真っ黒でやたらと迫力があり、お喋りしていた騎士たちがたじろいで、「な、なんだよ」と言ったら、「別に」と一言だけ返して立ち去ったという。

「で、すぐ後の訓練で、見事に全員、シリルにボコボコにされていた。まあ、あまりタチのよくない連中だったから、同情はしないがね」

「…………」

　ラヴィが口を噤むと、隣のテーブルにいたリックが「あ、それを言うなら」と思い出したように声を上げた。

「三日くらい前、ラヴィと僕、詰め所の入り口近くで立ち話をしたことがあったでしょ？」

「ありましたね」

　妹へのプレゼントにとリックが購入した髪飾りについて、反応はどうだったかと訊ねていたのだ。すごく喜んでいたと言ってもらえたので嬉しくなり、今の流行や、あの髪飾りと意匠がお揃いの首飾りもある、という説明をして、時間ギリギリまで二人で盛り上がった。

「ラヴィが帰るのと入れ違いくらいにシリルが戻ってきたんだけど、その時、やけに険悪な目で睨みつけられたんだよね。やっぱりあれ、気のせいじゃなかったのかなあ」

「…………」

ラヴィはそっと額に手を当てた。

そういえば昔も、ラヴィが男の子にからかわれたりすると、敢然と立ちはだかって守ってくれたっけ。シリルの目からは、リックを含めた騎士たちがイジメっ子にでも見えたのだろうか。

「自分に好意を持っていたはずの女が他のやつに取られそうになると途端に焦る、というやつだな。そういう傲慢さは気に食わないが、確かに有効だ。押して押して、その後で引く、という小賢しい悪女作戦は上手くいっている。あともう少しだ、ラヴィ」

「人聞きの悪い。作戦じゃありません！」

思わずムキになって言い返してから、いやある意味作戦ではあるけど、と思い直して混乱した。

「何にしろ、シリルがラヴィのことを気にかけてるのは間違いないよ。ここで諦めないで、頑張るべきだ」

人の好いリックにまで激励されて、ラヴィは困ってしまった。おかしい、どんどんエリオットの命令から離れていっている気がする。なぜこんなにも応援されてしまっているのだろう。

「ですから、いいんですってば！　わたしはもうシリルさまのことは――」

「だからといって、ヤケになるのはよくない、ラヴィ」

今度は後ろから声がかかった。え、と振り返ると、大柄で強面のジェフが腕組みをして立っている。

相変わらず不愛想だが、こちらに向けられる瞳には、心配と、窘めるような色が乗っていた。

「ヤ、ヤケになる？」

「最近、あまり素行がよくないという噂を耳にした」

そんな、年頃の娘に注意をする父親のような顔をしないでもらえませんか。

「悪いことをした覚えはありませんけど」

「品行のよろしくない者と付き合っている、という噂を聞いたぞ。貴族の子息の中には、親の権力を使って無理を押し通すような輩もいる。軽率な真似をして、あとで苦しい思いをするのはラヴィなんだからな」

「えっ、そうなの？　ラヴィ、捨て鉢になるのはよくないよ」

「変な男に引っかかるくらいなら、シリルにしておけ。少なくともシリルには、遊んでから捨てるなんて器用なことはできないだろうからな。なんだったら俺のほうから、あいつにガツンと言ってやってもいい」

ジェフとリックとノーマンに詰め寄られ、進退窮まったラヴィは「わ、判りました。今後、気をつけます！」と教師に叱られた生徒のような返事をして、早々にその場から逃げ出すことにした。

三人の騎士から向けられる、「シリルに振られて自暴自棄になったラヴィが不良に」という憐れみ混じりの目がなんとも居たたまれない。失礼な。

もちろん、心配してくれるその気持ちは嬉しい。嬉しいのだが。

――シリルさまも含めて、誰もかれも、わたしのことを「監視と保護が必要な、小さな女の子」と思っているんじゃないかしら！

「やあ、ラヴィ」

馴れ馴れしく名を呼び、ニヤつきながら待ち合わせ場所に現れたその男を目にして、ラヴィは両のこめかみに指を当て、中央に寄った眉を左右に引っ張った。

この男のせいであんなことを言われる羽目になったのだと思うと、つい苛々が顔に出そうになってしまう。半分以上は自分の責任なので、その腹立ちは結局ラヴィ自身に返ってくるわけだが。

「どうした、頭でも痛むのか？」

「いいえ、美容のため顔の筋肉をほぐしているだけですわ、ルパートさま」

笑みを口元に貼りつけ、ラヴィは適当なことを言った。

そう、ジェフが耳にしたという噂は間違っていない。最近、ラヴィがよく会っているのは確かに貴族の子息で、品行がよろしくなく、親の権力を使って無理を押し通すようなロクデナシなのだ。

もちろん、アドキンズ伯爵の息子、ルパートのことである。

シリルが時間をかけてようやく近づいたというルパートは、ほんの一月ほどであっさりとラヴィに対して心の門を開けた。もともと全開の状態だったのではないか、と疑問を覚えるほど簡単だった。

王城敷地内をフラフラ歩いていたところに偶然を装って声をかけ、ニコルソン商会の娘だと名乗ったら、怖いくらいにスルスルと話が進み、今はこうして町で会うまでになっている。まるでデートをしているようで不本意極まりないが、やむを得ない。

「もっと距離を縮めよう」と毎回のように迫られる露骨な誘いは、今のところ商人の娘らしく上手いこと言いくるめて逃げおおせていた。いざとなったら暴力行為も許す、全力で揉み消すから手加減無用、というエリオットの言質も得ている。

「ここは僕の馴染みの店なんだ」

その日連れていかれたのは、王都でも評判の、気取った高級料理店だった。

広くて豪華な店内では、上品に着飾った客たちが食事を楽しんでいる。シリルと一緒に入った場末の店とは何もかも違うが、あちらで抱いたわくわく感はカケラも湧いてこなかった。

「材料も一流のものばかりが厳選されていて、ここでしか食べられないという料理もあるんだぜ」

「スゴーイ」

「まあ僕くらいになると、どれも食べ飽きてしまったけどね」

「サスガー」

「いくら大商人の娘でも、平民のラヴィじゃとても入れない場所だろう？　よかったなあ、僕と知り合えてさ！」

「ウレシー」

完全に棒読みなラヴィの一言コメントに、ルパートは満足げにフフンと鼻息を荒くした。

あまりにもチョロすぎて、逆に罠なのではないかと不安になるくらいだ。しかしこれはたぶん、ルパートの頭がカラッポだという以外に、平民であり若い娘でもあるラヴィを心底舐めきっている、という理由が大きいのだろう。

何をしようが、いざとなれば親の名前と金の力でなんとかなる、と絶対の自信を持っている。まるで舌なめずりでもするように自分を眺めるルパートの視線に、ラヴィは時々、本気でぞっとした。

その点、相手がシリルの場合、貴族で騎士という肩書きが、ルパートの一応最低限はあるらしい警戒心の砦を打ち砕けなかったのかもしれない。「僕の金にたかろうと寄ってくる、ハエのような連中のうちの一人」とルパートは馬鹿にしていたが、その目にはちらちらと怯えのようなものも覗いていた。

取り巻きにするにやぶさかではないが、どうしても無意識の恐れや反発心も拭いきれない――といったところか。

それはそうだ。なにしろシリルは強く、頭が良く、性格も良く、顔も良く、隠しきれない品格も滲ませて以下略、という、控えめに言って世界で最高の男性なのだから。ルパートと比べたら、道端の小石とダイヤモンドくらいの違いがある。燦然と輝くシリルに対して劣等感を抱いてしまうのはしょうがないというものだ。

「ラヴィ、どうした？」

「いいえ、なんでも」

道端の小石を見る目をルパートに向けて、ラヴィは首を横に振った。

「それじゃ、そういうことでいいな？」

ん？

「そういうこと？」

「なんだ、聞いてなかったのか？」

いい加減な相槌を打ちながらシリルのことを思い浮かべていたら、いつの間にか話が進んでいたらしい。

そうだった、今の自分はスパイ活動中なのだった、とラヴィは緊張感を取り戻した。

「申し訳ありません、なんでしたか？」

「だからさ、今度、僕の屋敷で面白い催しがあるんだよ」

ルパートがぐっと身を乗り出して顔を寄せ、声を低めて言う。一瞬後ろに身を引きかけて動きを止めたのは、聞き捨てならない単語を耳にしたからだ。

「僕の屋敷？」

それはルパート個人所有の屋敷、という意味ではないだろう。そんなものがあったら、とっくにそこへ連れ込まれそうになっているはずだ。

するとこの場合の「僕の屋敷」とは、アドキンズ伯爵邸、ということか。

急に、心臓が激しく脈打ち始めた。

「まあ、面白い催しとは、どんなものなのですか？」

声が上擦らないように気をつけて、ラヴィは訊ねた。ルパートの頭にあるだろう「平民娘」のイメージに沿って、目をキラキラさせて首を傾げる。

「ラヴィが知らない、見たこともない世界、ということさ」

へらへら勿体つけていないで、さっさと言え。

「もしかして、大きな夜会かしら？　お金持ちの貴族さまですもの、きっとそうだわ」

「まあ、夜会といえばそうかな。でも、普通とは違うんだ」

「どう違うのでしょう。想像もできません」

「だろう？　なにしろ招待客全員が、顔に仮面をつけるんだから」

「あら、仮面舞踏会⁉　素敵ですね！　物語の中のようだわ！」

「ダンスなんて退屈なものだけじゃないよ。あまり大っぴらには言えないゲームもあってね……大人の秘密の社交場、とでも言えばいいかな」

大っぴらには言えないゲーム……賭博だろうか。

ラヴィははしゃぎながら、大急ぎで頭を働かせた。この絶好の機会を見逃すわけにはいかない。

「それは確かに、わたしの知らない世界ですね……わあ、憧れてしまうわ」

うっとりと夢見るような吐息を漏らすと、ルパートは唇の端を上げた。

「ラヴィも来るかい？」

「いいのですか⁉」

食い気味に声を上げると、ルパートは「本当はダメなんだ」「招かれる客は貴族の中でもごく一部だけ」「そもそも平民が屋敷に足を踏み入れたことはない」「まあ、僕が特別に計らってあげれば、できなくはないけどね」とさんざん気を持たせてから、ようやくピラリと封筒を取り出した。

そろそろと手を出したら、触れる直前で、パッと引っ込められてしまう。

ルパートがラヴィと目を合わせ、にやりと笑った。

「……必ず一人で来るんだよ、ラヴィ。それと、このことは誰にも内緒だ。親には、女友達のところに泊まるとでも言っておけばいい。平民はそのあたり、うるさくないんだろう？　僕の屋敷に来たら……判ってるよね？」

右手で封筒を持ったまま、伸びてきた左手がラヴィの手を握る。指の腹で甲を撫でられ、全身に鳥肌が立ったが奥歯を食いしばって耐えた。

だって、これは間違いなく、シリルが喉から手が出るほどに欲しがっていたものだ。

——七年かけて模索していた、アドキンズ伯爵の罪を暴くための第一歩。

何度探りを入れてみても、ルパートの話からは大した情報は得られなかった。聞けたのは、自慢と虚勢と下品な冗談くらいである。

きっと伯爵も息子の口と頭の軽さを警戒して、何も教えていないのだろう。それがここに来て、一気に敵の本拠地に入り込めるというのだ。

もちろん、「二人で」という言葉に、迷いや躊躇が生じなかったわけではない。

行くところは、黒い噂が絶えないというアドキンズ伯爵の屋敷だ。まるで魔窟に足を踏み入れるような恐怖もある。そのようないかがわしい夜会に招待されるような客だって、きっと真っ当な人はいないだろう。

実行にはかなりの危険を伴う。果たしてラヴィに微笑むのは、天使か、それとも悪魔か。

ルパートの粘つくような視線から逃れて、ふらりと目を動かしたら、店のガラス窓の向こうに、見慣れた人の姿を見つけた。

建物の陰からこちらを窺い、ひどく険しい顔をした、シルバーグレーの髪の青年。

それを目にした瞬間、心が決まった。

「ええ、もちろん判っています、ルパートさま」

にっこりしながら自分の手を引き、そのままルパートの右手から封筒をするりと抜き取る。

「今から楽しみで楽しみで、夜も眠れませんわ」

「よくやった、ラヴィ！」

すっかり密談場所として定着してしまった厩の中で、ラヴィが事の次第を報告すると、エリオットは手を叩いて喜んだ。

「冗談じゃない！」

　エリオットとは逆に、凄い形相をして反対したのはシリルである。真っ先に声を上げなかったのは、今まで茫然と固まっていたからだ。

　そもそも彼は、ラヴィがルパートに近づくこと自体、ずっと反対していた。ルパートと会う時は、必ず毎回ぴったりと後をついて見張っていたくらいだ。

「一人でアドキンズ伯爵の屋敷へ？　どう考えても胡散臭さしかない夜会に、ラヴィだけで？　そんなの絶対にだめだ！」

　怖い顔で断言するシリルに、エリオットが呆れた目を向ける。

「大声を出すな、シリル。なんのために厩の周囲に護衛たちを立たせて、人払いの状態にしていると思うんだ？　それにそんなに目を吊り上げたら、ラヴィが怯えるだろう」

「団長は黙っていてください」

　仮にも相手は第二王子なのにいいのだろうか、と心配になるような剣幕で返して、シリルはラヴィの両肩を手で掴んだ。

　真剣な目が、こちらを覗き込む。

「だめだよ、ラヴィ。君がそんな危険に首を突っ込むことはない。もともとこの件に、君は無関係なんだ。もしもラヴィに何かあったら、俺は君の父上にも弟にも、亡くなった母上にも顔向けできない」

「無関係……」

　この期に及んで出てきたその言葉に、ラヴィはひどく傷ついた。傷ついたからこそむくむくと腹立ちが込み上げて、ぷいっと顔を背けた。

　シリルはまたそんな一言で、ラヴィを突き放そうというのか。

「スパイ役を買って出たのは、わたしの意思です。それに、今さらもう後戻りできません。わたしたちは一つのチームだと、エリオットさまもおっしゃったではないですか」

「そのとおり。ルパートは立場が低い相手を、はなから見くびる傾向があるからね。平民となればなおさら無警戒だ。逆に、明らかに自分よりも優れている相手は遠ざけがちで、だからこそシリルはやつの懐までは入っていけなかった。ラヴィがルパートに近づくことを許したのも、そもそもこの件に強引に巻き込んだのも、この僕だ。シリルが責任を感じることはない」

　エリオットの台詞を聞いて、そういえばそうだったとラヴィは思い出した。シリルも同じことを思ったのか、きつい目でそちらを睨みつけた。いいのだろうか、相手は王子なのに。

「なにも潜入捜査のような真似までさせなくても、ラヴィが持ってきてくれた情報だけで十分ではないですか。賭博行為は法に触れます。夜会の最中に踏み込めば」

「それは難しいな。おまえにも判るだろう？」

以前、身分の高い貴族が賭博に嵌まり、周囲を巻き込んで大きな醜聞を起こしてから、ディルトニアでは金銭の絡む賭博は禁じられるようになった。しかしそれはほとんど名目上のもので、厳しく取り締まられているわけではない。

こっそり賭博に興じる人々は多いと聞くが、実際に捕まった例はないという事実がそれを裏付けている。要するに、「問題になるほど派手にやらなければいい」という程度のものなのだ。

「大体、賭博が行われるとは、ルパートも明言していない。それに、その口実で踏み入るなら夜会の招待客すべての身柄を押さえる必要があるから、騎士団を動かさなきゃならない。だが騎士団内に内通者の存在が疑われる以上、その情報は事前にあちら側に漏れる可能性が濃厚だろう。夜会そのものを中止にされてしまっては、何もかもが水の泡だ」

エリオットに論破されて、シリルはぐっと詰まった。

拳を握り、苦渋に満ちた眼差しをラヴィに向ける。

それからまたエリオットに向き直って、頭を下げた。

「……では、どうか俺もラヴィに同行させてください」

「それも無理だ。ルパートがラヴィを屋敷に入れる条件が『一人で』なんだろう？　招待状も持っていないおまえがノコノコ一緒についていっても、玄関扉を開ける前に二人して叩き出されるのがオチだよ」

冷静にそう言ってから、シリルが頭を下げたまま動かないのを見て、エリオットは「しょうがない」というように、ため息をついた。

声の調子を少し和らげる。

「心配しなくても、ラヴィに伯爵家の暗部を探ってこい、なんて無茶は言わないよ。伯爵本人とも接近する必要はない。多少、屋敷の内部と、夜会の雰囲気を把握してもらえたら、それでいいんだ。貴族でないラヴィに、仮面をつけた招待客がどこの誰か推測することも難しいだろうしね。賭博なんてものにも一切関わらないでくれ」

「ええー……」

その命令に、不満を抱いたのはラヴィのほうだ。

つまり、あくまで飛び入り参加の何も判らない招待客として、「わあー」という顔をしながら無難に過ごしてから帰ればいい、ということか。

せっかく屋敷内に立ち入れるのに。

いくら「魔女の血」の被害者たちが口を噤んでいるとしても、商売である以上は顧客名簿や帳簿くらいは必ず存在しているはずなのだ。それさえ見つけられれば、確実に状況は大きく前進する。

「伯爵の書斎や私室に忍び込んで、机や棚や隠し扉の中を漁り、証拠一式を発見して持ち帰らなくてもいいのですか？」

「うん、頼むからやめてくれ。というか、そんなことするつもりだったの？」

　エリオットが得体の知れない生き物を見るような表情になった。シリルは手で顔を覆っている。

「君はたまに、頭がいいのか、本物の馬鹿なのか、よく判らないことがあるね」

「あっ、いいことを思いつきました」

「却下。今、ちょっとだけシリルの苦労が理解できた。いいかい、君は夜会に行ったら、ルパートにお愛想を言って、周囲の会話に耳を澄まし、怪しげなものには近寄らず、ある程度経ったらさっさと退散することに全力を傾けてくれ。それ以降のことは、こちらの仕事だ」

　まだ釈然としない顔のラヴィに向かって、言い含めるように続けた。

「ラヴィ、何事も焦りは禁物だ。アドキンズ伯爵については、僕だって何度も苦汁を飲まされてきた。仕留めるなら確実に、そして徹底的にやらなければいけない。それにね、僕は確かに君を利用する気満々だけど、君がどうなってもいいとまでは思っていないんだよ」

「はあ、左様ですか……」

　今ひとつ、「まあ、なんてお優しい」と感謝する気になれない。

「夜会のドレスなり装飾品なり馬車なり、入り用なものがあれば、こちらで用意するからなんでも言ってくれ。それじゃ僕はこれで」

言いたいことだけ言うと、エリオットはさっと身を翻し、足早に厩から出ていった。騎士団にはほとんど顔を出さず、普段何をしているのかも謎なのだが、彼はいつも多忙そうだ。

その場に残されたのは、ラヴィとシリルだけになった。

二人の間に、気まずい沈黙が落ちる。シリルは下を向いたままじっとしているし、ラヴィはラヴィで未だに「無関係」という言葉が引っかかって、いつものように素直になれない。

しかしとにかく、事態はもう動き出してしまったのだ。ラヴィが夜会に行くことは、第二王子も認めた決定事項。ラヴィ自身、ここで足を止めるつもりも、引き返すつもりもなかった。

「……それでは、わたしはこれで」

軽く頭を下げて、自分も厩を出ようとシリルに背中を向けた――のだが。

「待って」

という声とともに、後ろから素早く手を取られた。

これまで腕を掴まれたことはあっても、こういう接触の仕方はなかったので、ラヴィは驚いた。振り返ると、彼はまっすぐにラヴィを見つめている。

その切れ長の目は、深い色をたたえていた。一瞬、海のように真っ青なその瞳に、吸い込まれそうになる。

どこか冷たくて、けれど、どこか熱っぽい。まるで奥のほうで炎が燃えているようだった。

それは確実に、昔のシリルにはなかったものだ。

途端に、鼓動が不規則に乱れ出した。

その炎の正体が何なのか、ラヴィには判らない。でも、胸がギュッと掴まれたかのように苦しい。シリルに握られている手の温もりを意識せずにはいられなくて、頬が勝手に上気した。

そこにあるものは、恐れか、不安か、怒りか——それとも、もっと他の何かか。

ラヴィは昔からシリルのことが好きだ。でも、こんな風に呼吸が止まるような気持ちになったことはなかった。再会してからだって、成長したシリルをうっとりと眺めることはあっても、ここまで激しく感情を揺さぶられたことはない。彼と目を合わせることさえ、難しいほど。

——また同じ人に恋をしてしまったよう。

「ラヴィ」

呼ばれて、ラヴィの肩が小さく跳ねる。

自分の名前なのに、その声は何か特別な響きを持っているように聞こえた。

両手で優しく包むように手を握られて、頭が真っ白になった。さっきから足が小刻みに震えている。小さな頃は何度か二人で手を繋いだこともあったはずだと必死になって平静さを取り戻そうとしたが、全身をどくどくと巡る血液の音がうるさすぎて、ちっとも上手くいかなかった。

だってここにいるのはもう、あの時のような子どもじゃない。シリルも、自分も。

「君は——君だけは、俺が必ず守るから」

まるで誓いを立てるようにそう言うと、シリルはラヴィの手を持ち上げて、甲に唇を寄せた。

触れるか触れないかというくらいのかすかな感触に、眩暈がしそうになる。

ラヴィが何も言わず、石のように動かないでいるのを見て、シリルは少し困った顔になった。

「先に出るね」

と耳元でそっと囁いて、静かに厩から出ていく。自分たちが一緒にいるところを誰かに見られたらいけないので、ここを出入りする時は必ず一人ずつでと指示されているのだ。

「くうっ……！」

シリルの姿が見えなくなった瞬間、ラヴィは耐えきれず、その場にくずおれた。

——腰が砕けた。

真っ赤に染まった顔を両手で隠して、意味不明な呻き声を上げる。

耳が熱い。口から漏れる吐息も熱い。手と足の震えが止まらない。心臓はずっと破裂寸前だ。胸も頭も、ぐちゃぐちゃに引っ掻き回されたようで、収拾がつかない。

「シ……シリルさまのバカ」

掠れるような声で罵倒してから、猛烈に不安になった。

……こんなザマで、自分は本当にシリルへの恋心を断ち切ることができるのか？

第五章　仮面、表裏、明日への希望

アドキンズ伯爵邸は、広大で豪奢で、その上、異様なまでに厳重だった。

長々と続く塀に沿って立っているのは伯爵の私兵と思しき男たちで、数が多い。門から中に入る際には招待状をしつこく確認され、武器の持ち込みは禁止であることを、丁寧だが有無を言わさない口調で念押しされた。なるほど、確かにシリルがついてくるのは無理だっただろう。

ただ、どこの誰か、という点は何も訊ねられなかった。今日の夜会で隠すのは、顔だけではなく名前も、ということだ。正体の判らない者同士が、爵位や立場の上下に囚われず自由に楽しむ、というのが仮面舞踏会の醍醐味であるらしい。

しかしそのおかげで、平民のラヴィも何食わぬ顔で会場に入ることができた。

ドレスや装飾品は、エリオットに用意してもらうまでもなく、いくらでも自前のものがある。

なにしろラヴィは、ニコルソン商会の歩く広告塔でもあるのだ。若草色の光沢のある布地や、形良く結った栗色の髪に映える美しい髪飾りを見て、「あら、素敵」と囁き合う女性たちに自社製品の宣伝をしてしまいそうになるのをなんとか抑えた。

もちろん、ラヴィと彼女たちを含め、招待客全員が顔に仮面をつけている。

形や大きさは様々で、女性の仮面は美しさにこだわって凝った造りのものがほとんどだった。目の部分だけをくり抜いた布製のマスクをしている男性もいる。おおむね鼻から上を覆った形ばかりなのは、口元くらいは見せたいという自己顕示欲の表れなのだろう。

しかし中には、顔全体を隠す仮面を被っている人物もいた。

そこまでいくと、表情もまったく判らない。のっぺりとした無機質な黒い面に、目と鼻の穴だけが開いているので、洒落っ気よりも不気味さのほうが上回っている。

唯一明らかなのは、褐色の長い髪を括っているということと、体格がしっかりしているということくらいだ。衣装もあまり煌びやかではない落ち着いた色合いなので、周囲に埋没してしまうほど地味だった。

対して、ラヴィの仮面は蝶の形を模した華やかなものである。事前にルパートから「必ずそれをつけてくるんだよ」と言われて渡された。この目印がないと、ラヴィを見つけられないからという理由らしい。

ラヴィは人でごった返す会場内を、さも「相手を探している」風を装って練り歩いた。

せっかくなので、少しでも情報収集をしなければ。

広間の中はうるさいくらいに賑やかだった。楽団が奏でる優雅な曲に合わせて踊っている男女もいるが、雑談に興じる人たちのほうが多い。貴族とは思えないような甲高い嬌声を上げる女性もいる。

上流階級の人々は、お茶会であろうと夜会であろうと、階級によって厳しい決まりがあったり、細かい礼儀作法を求められたりするのが普通だ。しかしこのような匿名の場では、そういう抑圧から逃れられるため、いつもよりも羽目を外してしまうのだろう。

貴族というのはなかなか窮屈なものらしいから、たまの息抜きとして楽しむのならいいのかもしれない。が、彼らの中には明らかに、はしゃぎすぎではないか、という状態の人もいた。

普段は淑やかなご婦人であろう女性が、明らかに夫ではなさそうな若い男性にべったり絡みついて、喉を仰け反らせて笑う姿は、あまり美しいものではない。

招待客は二十代から四十代くらいの男女が多いようだが、ちらほらと十代らしき若者の姿もあった。貴族の子息たちだろうが、彼らはみんな、なんとなく退廃的な雰囲気を全身にまとわせている。

そこに自分と同じくらいの年齢と思われる女の子が交じっているのを見つけた時、ラヴィはつい眉を寄せてしまった。ここは若い娘さんが来るようなところじゃありませんよ、と自身のことを棚に上げて胸の内で苦言を呈する。

——あら……

そこで、あることに気づいた。

彼女に声をかけるべきか迷って、その場に立ち止まる。

少し逡巡してから、やっぱり行こう、と決心して足を踏み出しかけたところで、後ろからぽんと肩を叩かれた。

「ラヴィだろ？」

振り返ると、そこにはルパートが立っている。非常に派手派手しい仮面は申し訳程度に目の部分を隠しているだけなので、にやけきった口元ですぐに判った。

すでにだいぶ酒を呑んでいるのか、頬が真っ赤だ。

「あら、ルパートさま。今日はお招きありがとうございます」

残念ながら、ラヴィの会場内探索はここで一旦中断せざるを得ないようだ。エリオットに言われたとおり、愛想よく笑って、礼を述べた。

「よく僕だと判ったな？　好きな男はたとえ顔を隠していても判る、ということか」

これで隠しているつもりだったのか、とラヴィはびっくりしながら「ほほほ」と流しておいた。ルパートのその言葉にも一理あると思ったので、否定はしない。

好きな人なら、たとえ顔を隠していても一目で判る。

「まずは踊らないか？」

と誘われたが、ラヴィは困ったように微笑み、謹んで辞退した。

「ルパートさま、お忘れですか？　わたしはただの平民ですよ。このような高貴な方々に交じって下手なダンスを披露するほど、厚顔ではありませんわ」

「ははは、そうだったな。平民は生活するのに手一杯で、ダンスなど知らないか」

ルパートは上機嫌で大笑いした。

彼がラヴィを気に入っているのは、こうして折に触れ見下して馬鹿にすることができる相手だからというのが大きいのだろうな、と内心で思う。

「じゃあさ」

肩を抱かれ、ぐっと引き寄せられた。

耳元にルパートの顔が近づいてきて、ラヴィは逃げそうになる足を根性で踏ん張った。吹きかけられる息は、ぷんと酒の匂いがする。

「……これから、僕の部屋に行かないか？」

展開が速すぎない⁉

「ま、まあ、ルパートさまったら。わたし、まだ来たばかりですよ。もう少し夜会の雰囲気を楽しませてくださいな」

引き攣った笑顔で返しながら、距離を縮めてくるルパートの身体を手でぐいぐいと押しやった。しかしあちらも負けじと、どんどん身を寄せてくる。いっそ思いきり突き飛ばして、ついでに蹴りつけてやりたい。

「夜会はまだまだ続くんだぜ？　一時間や二時間して戻った頃には、今よりももっと盛り上がっているさ」

その一時間や二時間で何をするつもりなのだと思うと、もう寒気しかしない。

酔っているせいもあって、ルパートの目がいつもよりもどろんと濁っていて怖かった。肩に置かれた手には、痛みで顔をしかめてしまうくらいの力が込められている。そこに気遣いなどはカケラもなくて、ラヴィは今の自分が単なる「物」扱いされていることを、嫌でも実感させられた。

「誰もが顔を隠しているこの場では、何があってもみんな見て見ぬふりをするのが暗黙のルールだ。不倫だろうが、密通だろうが、多少強引な真似だろうが」

どこか据わった目つきで、ルパートはひそひそと言った。

「……なあラヴィ、今夜はそのつもりで来たんだろう？　勿体ぶって自分の値を釣り上げたいって魂胆だろうが、いい加減にしておいたほうがいいぞ。バカ騒ぎしている連中の中じゃ、悲鳴くらいはすぐにかき消されてしまう」

囁かれた内容にぞっとして、血の気が引いた。

いっそ大声を上げようか——だが、そんなことをしたところで、上手く逃げられるとは限らない。妙に淫靡な空気の漂う会場内は、ルパートが言うとおり、助けを求める声さえ「娯楽」の一つに変えられてしまいそうな軽薄さと冷酷さに満ちている。

ぎゅっと両手を握り合わせ、切羽詰まったラヴィは周囲に視線を巡らせた。みんな自分のことばかりで、誰もこちらを見ないし、気にしてもいない。

……いや、一人だけ、こちらを向いている。

顔全体を黒い仮面で覆った、褐色の髪の男性だ。表情は判らないが、グラスを片手に、無関心な様子で壁際に立っていた。

その目は確かにラヴィの姿を捉えているようだが、彼はその場からピクリとも動かない。ルパートに腕を摑まれ、無理やり引きずられていきそうなラヴィを見ても、制止どころか注意をしようという素振りさえなかった。

その視線がふっと逸らされた。もはやラヴィにも興味を失ったように、自分の肩のゴミを払う仕草をする。

それを見て、ラヴィは覚悟を決めた。

「判りました……ルパートさま」

目を伏せて、小さな声で答える。

「お部屋はどちらですか？」

途端に、ルパートがでれっとやに下がった。「大人しくしていれば、手荒なことはしないよ。たっぷり可愛がってやるから」と嬉しげに耳打ちしてくるのが気持ち悪い。

「その前に、少し飲み物をいただいてもいいでしょうか。喉が渇いてしまって」

給仕を探すために顔を動かしたら、さっきの男性はもう壁際から姿を消していた。

ルパートの私室は屋敷の二階にあるらしい。

階段を上って、美しく磨き抜かれた廊下を進んでいくうち、一階の広間で行われている夜会のざわめきは徐々に遠くなっていった。使用人たちも全員がそちらに駆り出されているのか、姿が見えない。あるいはこういう時にルパートが女性を部屋に連れ込むのは日常茶飯事で、近づくなと命じられているのかもしれなかった。

廊下には、立派な絵画や大きな花瓶の他に、金ピカの鎧までが飾られている。

ラヴィは足を動かしながら、屋敷の中の間取りをできるだけ頭に叩き込んでおいた。数ある部屋の扉はすべて閉じられていて、中を覗くことまではできなかったが。

――しかし、たぶん最も奥にある部屋が、アドキンズ伯爵の私室か書斎なのだろう。

あの部屋だけ扉が重厚な造りで、ちょっとやそっとでは壊れないくらい頑丈そうだ。

「ここだ」

手前にある扉の前で立ち止まり、ルパートが懐から鍵を取り出した。どうやらこの屋敷は部屋ごとに施錠できるようになっているようだ。それだけでも強い警戒心が窺える。

「まあ……いつも鍵をかけているのですか？」

「今日は客が多いから、父上に厳しく言われているんだ。どんなやつが紛れ込んでいるかも判らないしね」

ラヴィはそれを聞いてがっかりした。

「迂闊」が服を着たようなルパートでさえこの調子なら、アドキンズ伯爵本人はもっと用心深いのだろう。書斎に忍び込んで隠し扉の中から秘密文書を見つけ出し、華麗に窓から飛び降りて脱出する計画は、諦めたほうがよさそうだ。

「さあ、入って」

扉を開けて、ルパートがラヴィの背中を押す。

室内は分厚いカーテンが引かれ、壁に設置された燭台で蠟燭が灯されていた。薄暗いが、大きなベッドが真っ先に視界に入り、ラヴィはもう一度強く両手を握り合わせた。

「怖がらなくても、僕が……」

ニヤニヤしながら背後からラヴィの腰に手を伸ばそうとしたルパートの言葉が、ふいに途切れた。

ラヴィはパッと後ろを振り返った。

声が出せないのも道理だ。彼は今、背後から回された手で口を塞がれ、もう片方の長い腕で首をぐぐっと絞められている。ルパートはふがふがともがいて暴れたが、両者の力の差は明らかだった。拘束から逃れようと両手でがむしゃらに抵抗しているが、そんなことでは相手はびくともしない。

せめて顔を見てやろうとしたのか必死になって目を動かしているが、それも無駄なあがきというものだ。

振り返ることができたとしても、黒い仮面しか見えなかっただろう。

鍛えられた腕に首を圧迫されたルパートは、呆気なく白目を剥いて気絶した。

ラヴィは急いで廊下を見渡して誰もいないことを確認し、扉を大きく開けた。仮面の男性が粗雑にルパートを室内に放り込むのを見届けてから再び閉めて、中からしっかりと施錠する。

それからルパートの口に猿轡を嚙ませ、両手両足を縛ってクローゼットの中に押し込んでおいた。これなら、目が覚めた後もすぐには動けまい。

ふう――……とラヴィは深い息を吐き出し、額の汗を拭った。

「……ありがとうございました、シリルさま」

そう言うと、黒い仮面の下で苦笑する気配がした。

手が動いて、ゆっくりと仮面が外される。室内は暗いが、蠟燭の炎がその下から現れたシリルの顔を照らし出した。

「無事でよかった、ラヴィ。いつ俺だと判った？」

その問いに、ラヴィは「一目で」と自信満々に言いきった。

たとえ顔が隠されていたって、身体つき、立ち方、動作の一つ一つで、すぐに判る。好きな人だから。いつも彼のことを目で追ってしまうから。

「……覚えていてくれたんだね、『合図』」

「もちろんです」

――足で地面を二回叩いたら「警戒せよ」、手で肩を二回叩いたら「動いてよし」。子どもの頃の記憶は、まだ色褪せてはいない。

「遅くなってごめん」

「いいえ、助けてくださるって信じていましたから」

ラヴィが飲み物をもらって時間稼ぎをしている間に、シリルはひそかに二階に上がって待ち伏せしていたのだろう。幸い、廊下には花瓶を置いた台や趣味の悪い鎧などがあり、身を隠す場所に不自由しない。

「それにしてもシリルさま、どうやって屋敷の中に？」

「簡単さ。招待状がないなら、他のところから手に入れればいい」

「手に入れる、というと……」

「招待状を持っている人に交渉して、譲ってもらったんだ」

シリルはさらりと言って、指をぽきぽき鳴らした。どんな「交渉」をして、どんな手段で「譲ってもらった」のかは、今は問うまい。

「よくそんな人を見つけられましたね」

評判の悪いアドキンズ伯爵主催の、不義密通も賭博もなんでもありという、秘密と後ろ暗さ満載の夜会である。客たちも自ら言い触らすような真似はしないだろうし、むしろ絶対に周りには知られないよう沈黙を貫くはずだ。

「シンプソン夫妻に協力してもらった」

「クレアさまとハロルドさまに？」

「二人の知人友人に、『ここ最近、悪い仲間とつるんで、賭け事にのめり込んでいるような若いやつはいないか』と聞いて回ってもらったんだ。貴族は身分と年齢が高ければ高いほど閉鎖的になりがちだが、どちらも下の場合は、そのあたりわりと気軽に噂の種にするからね」

なるほど。クレアたち経由なら、後で入れ替わりがバレても、シリルには辿り着けないだろう。

「エリオットさまには……」

「無断で」

「い、いいのですか？　命令違反で叱られたりするのでは？」

「団長は、『ラヴィに同行するのは無理だ』としか言わなかっただろう？　つまり、俺が勝手に行く分には構わない、ということさ。……大丈夫だよ、ラヴィ。あの人のことだから、これくらいは想定済みに決まってる」

　シリルはサバサバと言って、肩を竦めた。ラヴィとしては、そういうものなのか……と強引に納得するしかない。ラヴィは未だに、あの第二王子が何を考えているのかなんて、さっぱり判らないのだ。

「その髪は？」

「カツラ。女性物だから、長くてね」

　肩に垂らされた髪の先に触れて、シリルは少し照れ臭そうに言った。シルバーグレーの短髪も素敵だが、褐色で長髪もまた彼によく似合っている。いつもよりもワイルドな感じがくらくらするほどセクシーだ。今後ニコルソン商会でも男性用カツラを手広く扱うよう父に進言しなければ、とラヴィは決意した。

「他に質問は？」

　シリルが首を傾げて訊ねてくる。

　次から次へと問いを重ねるラヴィを面白がるように、彼の口元が少し上がっているのを見て、ちょっとムッとした。

「それならそれで、事前に教えておいてくださってもよろしかったではないですか」

　シリルが来てくれると知っていれば、自分ももっと余裕が持てた。

　これでもラヴィは前日からずっと緊張し、あれこれ考えすぎて食事もろくに喉を通らず、ほとんど眠ることもできなかったのだ。

「ごめん。ギリギリまで上手くいくかどうか自信がなくて」

「上手くいかなかった場合は、どうするつもりだったのです？」

「屋敷に忍び込んでボヤ騒ぎでも起こし、夜会そのものを中止させようと思っていた」

真顔で返ってきた内容は物騒すぎて、冗談なのか本気なのか判断がつかない。冗談だと思うことにして、ラヴィは少し笑った。

「そんなことをしたら、シリルさまが宿願を果たせる日は、どんどん遠ざかる一方ですよ」

「いいんだ」

思いがけず、シリルは真面目な顔をしたまま、静かに言った。

「……本当に、いいんだ。ラヴィが無事なら、他のことはすべて後回しで構わない。君が危ない目に遭うことのほうが、俺にはずっと耐えられない」

「そんなこと――」

「ラヴィ」

反論を遮るように名を呼んで、シリルがラヴィの両手を取り、ふわっと掬い上げた。

両側から大きな掌に包まれて、ぎゅっと握られる。彼の手の中にすっぽり収まった小さな二つの手は、自動的に重ね合わさる形になった。

ラヴィの顔がみるみる赤くなる。まただ。どうしてこれくらいのことで、こんなにも無様なほど動揺してしまうのだろう。逃げたいような、ずっとこのままでいたいような、相反する気持ちでぐらぐらと心が揺れる。

こんな風になるのはシリルだけだ。ルパートに触れられても、嫌悪感しか湧かなかった。シリルただ一人が、ラヴィを容易く天に昇らせたり、地獄へ突き落としたりすることができる。

「……怖かっただろう？」

胸の奥のほうまで沁みるような声で問いかけられて、不覚にも一瞬、言葉に詰まった。

「いえ――わたしは、これくらい」

「気づいてないの？　君は昔から、怖いのを我慢する時、いつも両手を強く握り合わせるんだ。小さなラヴィも、時々こうしていた。父上の不在が多い環境で、身体の弱い母上と幼い弟に心配をかけまいと、口では威勢のいいことを言って笑いながら、自分の手をぎゅうっと握る。まるで何かに祈るように。――自分の感情に素直で、思ったことをすぐ口に出すラヴィ。でも君は、いちばん大事なことは胸に秘めて隠しがちだ」

「…………」

ふいに、泣きたいような気分に襲われた。自分の身の裡が一つの感情でいっぱいになって、他のものをすべて押し潰してしまいそうだった。

——両親にも弟にもクレアにも、今まで気づかれたことはなかったのに。

「わたしはもう、小さな女の子ではありません……」

「判ってる。君はもう子どもじゃない」

シリルがそう言いながら片手を離し、ラヴィの顔の仮面に指をかけて、そっと外した。

そんなことをされたら、いくらここが薄暗くても、ラヴィの頰も耳も目元も真っ赤なのがバレてしまう。顔を伏せて隠したいのに、まっすぐ向かってくるシリルの目が、それを許してくれなかった。

彼の瞳から視線を逸らせない。今この時、ラヴィの世界はシリルだけで占められてしまったかのようだ。

「ラヴィ、七年前、俺が別れを告げに行った時のこと、覚えてる？」

「は、はい……もちろん」

「あの時、俺は本当に疲れきっていた。この先どうなるか判らない不安で、苦しくてたまらなかった。母親は自分のことで手一杯で、俺に縋りついて泣くばかり。正直に言うと、自分も何もかも投げ出して今すぐここから逃げたいと、それだけを願っていた」

無理もない。当時、シリルはまだ十五歳の少年だったのだ。いきなり背負わされたものは、一体どれほどの重みだったことか。

「——でもラヴィは、俺のことだけを心配してくれた。俺のためにわあわあと思いきり泣いて、俺の代わりに真剣に怒って、自分に何ができるかと一生懸命考えてくれた。あの時の俺にとって、それがどんなに凄まじいほど嬉しいことだったか、判るかい？　周りから見放され、もう味方なんてこの世界のどこにもいないと思っていた俺が、どんなに救われたか。……離れていた間も、ラヴィの顔と言葉を何度も思い出した。深くて暗い穴に落ちていきそうな時は、君に恥ずかしくない人間でいようと、それだけを支えにして踏みとどまった」

再会してからも――と口にして、シリルは少し微笑んだ。

「成長した君は、やっぱり前向きだった。団長や騎士たちに無茶な要求をされても、いつも見事に切り抜けてしまう。恐怖心を必死で隠し、しっかりと地に足をつけて、明るい笑顔と巧みな弁舌で相手を丸め込む姿は、本当に綺麗だと思った。無邪気だった小さなラヴィは、七年の時間を経て、強く賢く美しい魅力的な女性になった。その上、頑固で無鉄砲で行動的で――だからこそ、目が離せない。君は俺にとって、眩しい光のような存在なんだ、昔も今も」

シリルがじっとこちらを見つめながらそんなことを言うので、ラヴィはいよいよ混乱の極致に陥ってしまった。

彼はさっきから何を口走っているのだろう。

これじゃまるで……まるで、ラヴィを口説いているかのようではないか。

「あ、の」

「ラヴィのほうは、どうして？　どうして、俺のためにここまでしてくれるんだろう。昔、一緒に遊んだ友達だから？　それとも、俺の境遇に同情して？」

「ち、違います！」

とんでもないことを言われて、驚いたラヴィはすぐさま否定した。

同情でこんなことをしていると思われるのは、あまりにも心外だった。

「わたしは、ただ」

「うん」

「ただ、シリルさまに……また、笑ってほしくて」

視線を落とし、赤い顔でもごもごと出したその返事に意表を突かれたのか、シリルはきょとんとした。

「……なんて？」

間の抜けた問いに、ラヴィはキッと目尻を吊り上げた。

「だって今のシリルさまは、まったく笑わないではないですか！　そんなだから、ご令嬢がたに『孤高の冬狼』なんて呼ばれてしまうんですよ！　本当はあんなに優しく笑えるのに！　冬どころか、ぽかぽかしてあったかい春みたいな笑顔なのに！　それを誰も知らないのが、わたしは悔しくてたまらないんです！」

「え、ラヴィ、その名前、どこから聞いた？」

シリルはどうやらその愛称があまり気に入っていないらしい。狼狽したように視線を彷徨わせ、「あれは俺の知らない間に勝手に……」と釈明する。

「シリルさまが笑っているところを見ると、わたしも嬉しいし元気になるんです！　シリルさまから笑顔を奪った原因が伯爵との因縁なら、それをさっさと消滅させてしまえば、また笑えるようになるかもしれない、そう思って協力を申し出ました！　でもそれはわたしの勝手な願望ですから、シリルさまが気になさる必要はありません、以上！」

ヤケになって一気に言いきると、シリルは戸惑う顔になった。

「俺に笑ってほしい……たったそれだけのことで？」

「他に理由が要りますか？　わたしにとってはそれが最重要課題です」

シリルに笑っていてほしい。

他の人には些細なことでも、それだけ――ただそれだけが、ラヴィの全身全霊を込めた切なる願いだ。別れた七年前から……いや、それよりもずっと前からの。

彼に幸いあれと、いつも祈らずにはいられないから。

むくれた表情で見上げると、シリルは啞然として固まっていた。

手で額を押さえて下を向き、小さく肩を震わせる。

「本当に――まったく君って人は」

それから一拍置いて、我慢できなくなったように勢いよく噴き出した。

「……なんで笑うんです？」

唇を尖らせると、シリルは「笑ってほしいって言ったくせに……」と、さらにくっと肩を揺らした。

そりゃそう言ったが、ラヴィが求めていた「笑顔」とはなんだか違う。

むうと膨らませた頬を、目を細めたシリルの長い指でするりと撫でられて、ひゃっ、と短い悲鳴を上げた。せっかく引いた顔の赤みが戻ってきて、全身が火照ったように熱くなる。

「……ラヴィは俺が笑うと、嬉しくて元気になるの？」

まだ笑いの余韻を残したまま、シリルが囁くように問いかけた。

「え……あの」

なぜそんな妙に色気のある声を出すのだと、ラヴィは心の中で盛大に文句を言った。実際には身体も口も固まったままで、ただ彼を見返すことしかできなかったが。

足だけがかろうじて後ろに一歩下がったが、いつの間にかシリルの腕が背中に回っていて、それ以上は逃げられなかった。どうしてこんなことになっているのか、わけが判らない。

「じゃあ俺は、多少は自惚れてもいいのかな」

何を？

訊ねたいことは山ほどあるが、シリルの顔が徐々に近づいてきて、それどころではなくなった。

「ラヴィ——俺は、君が」

吐息がかかるくらい、シリルを間近に感じた。その声は、甘い熱を孕んでいる。

彼の唇が、そっとラヴィの額に押し当てられた。優しく、壊れ物に触れるように慎重に。

それから少し離れて、目を見開いているラヴィを見つめた。子どもの頃の、「兄が妹に向けるような」ものとは、明らかに異なる眼差しで。

ラヴィ、ともう一度名を呼ばれて、シリルが再び顔を寄せてくる。今度の口づけは額ではない、ということが判った瞬間、ラヴィはようやく我に返った。

「シ、シリルさま！」

それ以上の接近を阻むため、慌ててシリルの顔を自分の両手で覆って押し留める。

「いつまでもこの部屋に閉じこもっているわけにはいきません。誰も二階に上がってこないうちに、早くここから出ましょう！」

腕の力が緩んだ隙に、ラヴィはするっとそこから抜け出した。彼の手から自分の仮面を取り返し、扉へと向かう。

シリルは少し傷ついた顔をしていたが、見ないようにした。

きっと、ここがこんなにも薄暗いのが悪いのだろう。これでは誰だって、雰囲気に流されてしまう。ただでさえ敵地潜入中という通常とは程遠い状況なのだ。明るい場所に出れば、シリルも正気に戻るはず。

――そうでなければ、こんな酷いことはしない。

ラヴィは心の中で呟いて、再び仮面をつけた。

一粒こぼれ落ちた涙を隠せて、ちょうどいい。

注意深く扉を細く開け、廊下に誰もいないことを確認してから、外に出た。

再び扉を閉め、ルパートが持っていた鍵を使って施錠する。まだしばらく彼を見つけられてしまっては困るのだ。朝まで姿を見せなければ、訝しんだ使用人たちが捜すだろう。

「一応、この鍵も屋敷内のどこかに落としていくよ」

シリルは再び黒い仮面をつけているので表情が見えない。しかしその声はいつもどおりのものに聞こえたので、ラヴィはホッとした。

「でも、もうこれ以上、わたしがルパートに近づくことは難しいでしょうね」

自分も可能な限りなんでもないように返したが、普段と同じ表情を保つのは、かなりの努力が必要だった。

「なによりだ。もう二度とあの男に関わってほしくない」

ルパートはきっと黒い仮面の賊に襲われたと騒ぐだろうが、その情報だけではどうしようもない。ラヴィを怪しんで問い詰めてくるようなことがあれば、「暴漢が現れて怖くて逃げた」とでも言っておこう。

そのまま二人でこっそり一階に戻るつもりだったのだが、不運にも、階段を下りる手前で中年の男性に見咎められてしまった。

「……ここで何をしている？　招待客には、二階には立ち入らないよう厳しく言っておいたはずだが」

その人物は顔を仮面で隠していなかった。

全体的に尖った感じの男性だ。顔の形や痩せた身体つきもそうだが、口調にも態度にもトゲがある。

年齢は四十代後半くらいか。黒い髪を一筋の乱れもなく後ろに撫でつけているのが、神経質そうな印象を受けた。鼻の下にある髭も左右に分かれてきっちりと整えられているので、なおさらだ。

しかし、彼を見た人がおそらく最初に気づくのは、その眼光の鋭さだろう。

無感情で、冷然としている。非人間的なくらいの目はまるで蛇のようだと、ラヴィは寒気を覚えながら思った。その眼差しを向けられると、自分が人間というより、「獲物」として見られているような錯覚に陥りそうになる。

ただ立っているだけでも目には見えない圧が押し寄せてくるようで、足元から震えがのぼった。

「……アドキンズ伯爵」

黒い仮面をつけたシリルの声は、地の底から聞こえてくるように低かった。ラヴィははっと息を呑む。

垂らされている彼の手が拳になって握られたのは、激情を押し殺そうとしているからだろう。全身が緊張で張り詰めているのが伝わってきた。

「不躾な真似をして申し訳ない。実はご子息から、この娘を部屋に連れてくるよう言いつけられまして」

ラヴィはなるべく下を向いて、シリルの陰に隠れるように身を縮めた。放蕩息子に目をつけられてしまった、哀れな被害者として。

「ルパートが？」

石像のようだった無表情が、わずかに歪んだ。目元に小さく寄った皺は、不快と苛立ちを表しているようだった。

「それで？」

「何度かノックしたのですが、返事がなかったので、引き上げるところでした。扉には鍵がかっておりましたから、今頃は私に言ったことなんて忘れて、どこかで楽しんでいるのかもしれませんね」

「ふん……」

肩を竦めたシリルに、伯爵は片目を眇めた。腹立ちはあるようだが、その言葉を疑っている様子はない。きっと、今までにも同様のことがあったのだろう。

「まったくあの厄介者が……忌ま忌ましい。他に息子がいれば、すぐにでも追い出してやるところだ」

ルパートは父親から信頼を得られていないどころか、嫌われているらしい。この分では将来代替わりしたとしても、父親が実権を握り、ルパートは単なる傀儡として扱われることになりそうだ。

「とにかく、さっさとその娘を連れて、屋敷から出ていくことだな。これから大人の時間が始まる。くれぐれも他の客の邪魔になるようなことはするなよ」

間違っても夜会の主催者が招待客に向かってかける言葉ではないが、シリルのことは「ルパートの遊び仲間」だと認識しているのだろう。伯爵にとっての客とは、身分が高くてお金と退屈を持て余している人々だけを指しているようだ。

「ええ、そうします」

シリルは大人しく頷いて、ラヴィを抱え込み、伏せた頭を自分の胸に押しつけるようにして階段を下りた。あちらからは、娘をしっかりと捕まえているように見えるはず。

慎重に足を動かし、ようやく一階まで下りたところで、シリルは大きな息を吐いた。

ちらっと階段を振り返ったが、そこにもう伯爵の姿はない。

「……どうしてこう、顔を合わせたくない時に限って」

「わたしの日頃の行いのおかげでしょうか」

「言っておくけど、俺は伯爵に会えて嬉しいなんてカケラも思っていないからね」

苦々しい声音で言ってから、ラヴィを抱き寄せたまま、まっすぐ屋敷の出口に向かった。

「帰るのですか？　今から賭博が始まるようなのですけど」

「まさか参加するつもりじゃないだろうね。一刻も早くここから出るよ」

「でも、まだ何も……そうだ、いいことを」

「だめ。俺の心臓を少しは労わってくれ。──別に、まったく収穫がなかったわけじゃない。仮面をつけていても、声や話し方で推測できた人間が何人かいる。そこからじっくり攻めていくさ、時間がかかるのは覚悟の上だ」

「……あ」

それを聞いて、ラヴィは思い出した。

「あの、シリルさま」

首を捩るようにして彼を見上げる。

「少し気になることがあるのですが……」

「ねえさま、なんだか元気がないね」

弟のアンディに声をかけられて、自室の椅子に座ってぼんやり窓の外を眺めていたラヴィは、顔をそちらに向けた。

扉のところに立ったアンディは、「ごめんなさい、ノックは何度かしたんだけど」と申し訳なさそうに眉を下げている。

「いいのよ。こっちに来て、アンディ」

微笑んで手を差し伸べると、遠慮がちに寄ってきた弟は、仔犬のようにラヴィの傍らに膝をついた。椅子の肘掛けに置いたラヴィの手の上に自分の手を重ね、下から顔を覗き込んでくる。

自分によく似た栗色の大きな目は心配そうだった。母が亡くなる直前も、アンディはこんな顔をしていたなと思い出す。年のわりに賢くてしっかりしていると言っても、彼はまだ十一歳の子どもなのだ。

ラヴィは目元を緩めて、その小さな頭を撫でた。

「この間、夜会に出かけていった後から、様子が変だよね。ため息をついたり、いきなり赤くなったり、かと思うと突然頭をぶんぶん振り始めたり、バカバカバカって誰かを罵っていたり」

「そうだったかしら」

「僕はよほど父さまに相談して、お医者さまを手配してもらおうかと思った」

「でも、何も言わないでいてくれたのね。ありがとう」

「どうせシリルさま絡みなんだろうなと思ったからね……うん、でも、そちらはまだいいんだ。よく判らないけど――まったく理解できないんだけど、なんだかんだ進んでいるようだということは想像できたから。だけどねえさま、二日前くらいから急に元気がなくなったでしょう？　口数も少なくなったし」

だから今度こそ何かあったのかと……と、アンディは気遣うように言った。

我が弟ながら、彼は人の心の機微に敏感だ。ラヴィは撫でていた頭をやんわり包むように抱くと、自分の頬を寄せた。

「心配かけてごめんなさい、アンディ。今はまだ言えないけど、きっと後で話すからね。この先、すべてが終わったら」

「……僕にできることはある？」

その言葉に、ラヴィはちょっと笑った。なるほど、今にして昔のシリルの気持ちが少しだけ判った気がする。

そう思ってくれる優しさが、向けられる信頼と愛情が、なにより嬉しいのだ。

「もうしばらくしたら、わたしはきっとものすごく泣くだろうから、その時はアンディに慰(なぐさ)めてほしいわ」

「もちろん。……でも、ねえさまが泣くことはすでに決定済みなの？」

「だってシリルさまの前では笑っていたいもの」

今度はラヴィから別れを告げる、その時まで。

「うーん……あのさ、ねえさま、そのことなんだけど」

ラヴィに頭をよしよしされながら、アンディは言いにくそうに切り出した。

「シリルさまとは、ちゃんと話し合ったの？」

「話し合う？」

「ねえさまの態度から推察するに、なんだか、思っていたのとは齟齬(そご)が生じているような気がして……シリルさまって、聞いた限りじゃ、無責任とは対極にいるような人みたいだし……それで重要なことに気づいたんだけど、僕が知っている情報っていうのは、要するに『ねえさまの口から出た話』だけなんだよね」

「アンディは難しい言葉をたくさん知っていて偉(えら)いわね」

「ねえさま、真面目(まじめ)に聞いて」

「とても真面目に聞いているわよ？」

何を言っているのかよく判らないだけで。

「いい？　とにかく、あまり一人で突っ走りすぎないようにね」

「いやね、アンディったら。わたしもう十七歳なのよ」

「危険なことに首を突っ込んだりもしていないよね？」

「………」

ぴたっと口を噤んだ姉に、アンディは「やっぱり」と大きなため息をついた。気のせいか、ここ最近のシリルの姿とダブって見える。

「父さまには？」

「ぜんぜん話してない」

アンディが肩を落とし、もう一つため息をつく。子どもなのに、やけに老けた仕草だった。

「昔から、多忙を理由にどうしても家を空けがちにならざるを得なかった父さまの自業自得でもあるけど……ねえさま、まさかこのまま黙ったきりということはないよね？　父さまは家族に対する愛情は人一倍あるんだ。自分が完全に無関係の場所に置かれていたと知ったら、きっとものすごく落ち込むよ。関わる時間が少ないからって、蔑ろにしていいということじゃない」

「アンディ、まるでお説教しているみたいよ」

「まごうことなく、僕はねえさまにお説教しているんだ」

可愛い弟に怖い顔をされて、ラヴィはさすがに反省して肩をすぼめた。

父親が自分たち姉弟のことを大事に思ってくれているというのは判っている。だからこそ、今の自分がしていること、これから起きるかもしれないことは言えない。それを知られたら、王城へ行くのを止められて、すぐにどこかの誰かとの縁談をまとめられてしまうだろう、ということまで予想できてしまうからだ。

「もう少しだけ待って。これからが正念場なの。後で必ずお父さまにも話すわ」

ラヴィが懇願すると、アンディは渋々のように頷いて、

「……父さま、今度こそ泡を噴いて倒れないといいけど」

と、不安そうに呟いた。

翌日、ラヴィが騎士団詰め所に行くと、いつもは大勢の騎士たちが寛いでいる休憩所は無人で、がらんとしていた。
「あら……」
ラヴィは小さく呟いて、途方に暮れた。何か緊急のことでも起きたのだろうか。

少しだけその場に立ち尽くしていたが、一つ息をついて身を翻した。誰もいなければ自分がここにいる意味もない。この分では、戻ってきたとしても慌ただしくて、ご用聞きなどできる雰囲気ではないだろうし。

「あれっ、ラヴィ！」

詰め所から出たところで、駆けてきたリックと顔を合わせた。ラヴィは驚いたが、あちらも目を丸くしている。

「リックさまだけお戻りですか？」

「うん、そうなんだ。今みんなバタバタと準備に追われていてね。僕は副団長の命令で、必要なものを取りに来たんだ」

副団長は名ばかりの団長と違って、非常に厳しいことで有名な人である。気が急いているのか、リックはそわそわと足踏みしながら答えた。

「そうなのですか。お仕事お疲れさまです。それでは、わたしはこれで」

何があったのかは聞かないことにして、ラヴィは頭を下げた。訊ねたとしても、それに答えるような騎士は一人もいないだろう。

「あ、待って、ラヴィ」

リックとすれ違うようにして立ち去ろうとしたら、あちらから慌てたように声をかけられた。

振り向くと、彼は少し困ったような顔で頭を掻いている。

「……その、もしよかったら、ちょっとだけ手伝ってもらえないかな？　なにしろ『持ってこい』と言われたものが大量で……僕だけで一度に運びきれるか、自信がないんだよ。往復して時間をかけたら、副団長にこっぴどく叱られるし」

「まあ」

ラヴィは口に手を当てて、軽く笑った。

「わたしでよければ、喜んでお手伝いさせていただきます」

リックは詰め所の近くにある、倉庫のような建物へと向かった。

制服のズボンのポケットから鍵を取り出し、穴に差し込んで回す。鉄製の重い扉の取っ手に手をかけ、ギイ、と音を立てて開けた。

中は天井が高かった。鉄格子のついた小窓が左右の壁の上部に一つずつあるので、それほど暗くはない。そこから入る陽射しが、空中に舞う埃をキラキラ輝かせている。

ここがどんな用途の建物なのかは、少し覗いただけですぐに判った。

扉を開けただけで、ぷんと火薬独特の臭いが鼻をついたからだ。石の壁には剣がずらりと並んでかけられ、三台ある大きな棚には向こう側が見えないほどに道具類がみっちりと詰め込まれていた。床には、いくつかの樽や、人が入れそうなくらいの大きな箱が無造作に置かれている。

　これは武器庫だ。

「入って、ラヴィ」

「え……」

　先に中へ足を踏み入れたリックに言われ、ラヴィは戸惑った。どう考えても、ここはラヴィのような第三者、しかも平民の娘が気安く入っていいような場所ではない。

「だめですよ、それは許されないでしょう？」

「うん、部外者は立ち入り禁止と言われているね」

「でしたら、わたしは外でお待ちしています」

「でも、ラヴィは『部外者』じゃないだろう？　なにしろ、団長直々に詰め所への出入りを許可されたくらいなんだからさ。すでに騎士団の『関係者』じゃないか」

「それは詭弁というものですよ、リックさま」

　笑いながら窘めると、リックも笑った。

　笑いながら、ラヴィの手を素早く摑んだ。

　そのまま、驚くような乱暴さで武器庫の中へ引っ張り込むと、扉を閉めて、錠を下ろした。

ガチャン、という無慈悲な音が大きく響く。

――閉じ込められた。

抵抗する間もなく、ラヴィは武器庫の中で囚われの身となった。他の騎士たちと比べ小柄なリックとはいえ、動きの速さと力の強さはルパートの比ではなかった。強く引かれた反動で床に倒れ込んでしまったラヴィは、扉を背にしてこちらを見下ろすリックを茫然と見返すことしかできない。

「ごめんね、ラヴィ」

「リックさま……」

リックは表情の抜けた顔で、謝罪の言葉を口にした。

その声はいつもの彼と違って、ひどく無感動なものだ。どこか遠く、虚ろな口調に、ラヴィの背中をひやりと冷たいものが伝った。

「――今朝、唐突に、団長から命令が下された。今夜、アドキンズ伯爵邸に一斉に踏み込んで、伯爵を捕縛するんだって。みんな、仰天してたよ。当然だよね、あまりにも急すぎる。だけど、団長はすべての疑問と不満を完全に黙殺した。僕も驚いた。本当に……声も出ないくらい驚いたよ」

リックは一本調子で淡々と喋った。その目は確かにラヴィに向けられているはずなのに、まったく違うものを見ているようでもあった。

「伯爵の悪事の決定的な証拠でも掴んだのかな？　ひそかに内偵でも放って調べさせていた？　まったく余計なことをするよね。今夜なんて……それじゃどんなに急いで知らせても、間に合わない」

　ラヴィは血の気の引いた青い顔でゆっくりと立ち上がり、口を開いた。

　ぎゅっと両手を握り合わせる。

「……あなたが、騎士団の内通者だったんですね？」

　その問いに、妙に茫洋としていたリックの瞳が、徐々に焦点を合わせていった。

　口の端を上げ、ちらりと笑う。

　普段の彼の笑い方とはまったく違う、年寄りじみて疲れきった、痛々しさを感じるくらいの笑みだった。

「そうか、ラヴィ、やっぱり君がその内偵だったんだ。おかしいと思ったんだよ、平民がいきなり騎士団内に入り込むなんて」

　正確に言えばエリオットの当初の目的はシリル専用の餌だったわけだが、結果的にこうして内通者を炙り出すことになったのは確かなので、ラヴィは黙っていた。

「でも、こうしてあっさりと捕まるあたり、警戒心が足りないね。ニコルソン商会の娘というのは本当のようだし、やっぱり所詮は素人ということか。君は女の子なんだから、傷がついたら困るだろう？」

相変わらずその声に抑揚はないが、「傷がついたら困る」というのは別に脅しでも皮肉でもなく、リックの本心から出された言葉であるようだった。

「ええ、困ります」

「じゃあ、こんな危ないこと——」

「でも、このことを知ったら、リックさまの妹さんも、取り返しのつかない大きな傷を負うと思います。……肉体ではなく、心に」

リックがぴたっと口を閉じた。すうっと眇められた目がこちらに向けられる。

「——なんだって？」

「先日、アドキンズ伯爵主催の夜会で、見覚えのある髪飾りをつけた女性を見ました。あれは、リックさまの妹さんですよね？」

「見間違いだろう。似たような髪飾りなんていくらでもある」

「いいえ、わたし自身が吟味して、選んだ品物ですもの。見間違えるなんて、あり得ません。それに、『妹に誕生日のプレゼントを』とリックさまがおっしゃった時、妹さんの髪や目の色、身長、服の好み、雰囲気も伺いました。その特徴ともぴったり一致していましたよ」

あの夜会で、若者の集団の中に交じっていた女性。

彼女の頭につけている髪飾りを見た時、すぐに気づいた。あれはリックの妹だと。

それでラヴィはシリルに頼んで、調べてもらうことにしたのだ。

その調査結果が出たのが三日前。それから今日まで、ラヴィはずっと憂鬱な気持ちで過ごしてきた。どう転ぶにしろ、この先起きるのは喜ばしいことではないだろうと。

「はは……さすが、一流商人の娘というわけだ」

リックは力なく笑った。

「僕の妹も、ラヴィくらい強かったらよかったのに」

肩を落とし、ぽつりと呟く。

「……妹さんは、ずっと病弱でいらしたのですよね？」

一瞬、「そんなことまで知っているのか」という驚いた顔をしたが、もう否定する気力も失せたのか、うな垂れるようにして認めた。

「昔からね……少し動くと激しい咳に苦しめられて、すぐに熱を出す。いつもベッドに縛りつけられて、友達もおらず、部屋の中で寂しい毎日を送っていた」

クレアと同じだ。

「両親も僕も、なんとか妹に元気になってほしくて、いろいろと手を尽くしたんだ。でも、ちっとも良くはならなかった。どちらかといえば、年々悪くなっていた。僕の家はあまり裕福じゃないから、高い薬には手が出せない。発作が起こるたび、なんとか少しでも症状が和らぐよう、神に祈るしかなかった」

そんな時、知人に「竜の血」という薬を勧められた。異国で作られる貴重なもので、大変によく効き、これを飲むことで劇的に症状が改善した人が大勢いるという。

どれほど高価なのかとおそるおそる聞いてみたら、リックの家でも十分賄えるくらいの値段だ。

父と母は、大喜びでその話に飛びついた。

「その薬は確かによく効いた。妹も嬉しそうにしていたし、母なんて泣いていたくらいだった。僕も安心したんだ。運悪く病弱に生まれついた可哀想な妹だけど、これからはすべてが上手くいくような、そんな気がした」

しかし、症状が改善するのは、薬が効いている間だけ。しばらく飲まずにいると、また発作に襲われる。それでリックの妹は、薬を朝晩と欠かさず飲むようになった。それだけ薬代はかかるが、両親は生活を切り詰めてでも必死でその金を捻出した。

「……一年もすると、妹は見違えるくらい元気になった。外出もできるようになって、本人も明るく浮かれていたよ。いろんなところに出かけて、友人を作って、今まで知らなかった遊びも覚えて」

だがやっぱり薬は手放せない。同時に、妹の言動に少しずつおかしなところが見られるようになった。笑っていたと思ったら突然ぼうっとしたり、物忘れが激しくなったり、何もないところでふらついたり。

「夜中、急に大きな悲鳴を上げることもあった。その時点で、僕と両親は、これはあの薬のせいなんじゃないかと疑い始めた。でも、一度薬をやめてみないかという提案に、妹はまったく耳を貸さない。これを飲むのをやめたら、またベッドに逆戻りだと異常なくらい怯えて、泣き喚いて抵抗するんだ」

体力を使い果たすまで暴れるので、両親は薬を与え続けるしかない。購入のための出費はどんどん嵩み、とうとう借金までするようになった。

「僕も親も身を削るようにして働いたけど、結局どうにもならなくなってね……もう全員で平民になるしかないとまで思い詰めた時に、アドキンズ伯爵から援助の手が差し伸べられた」

両親は縋るようにその手を取った。しかし借金は借金である。高い利子までついて、金額は膨れ上がる一方だ。

リックの一家は伯爵に逆らうことができなくなった。

……シリルの父親と同じだ、とラヴィは胸の内で思った。

相手を罠にかけて苦しい状況に追いやり、助けると見せかけて、より深い地獄へと引きずり込む。それがアドキンズ伯爵の常套手段なのだろう。

「もともとの薬の出所も伯爵だったと、後で知ったよ。要は、すべてあの男の手の内だった、ということさ。まんまと策に嵌まって、僕は内通者として騎士団の情報を横流しする役割を負わされた。そうしなければ、自宅を売り払ってでも今すぐ借金を返せと言われてね。無一文で外に放り出されたら、僕たち一家はおしまいだ。子どもの頃から憧れて、ようやく入れた王立騎士団だけど、僕はもう誇り高い騎士でもなんでもない。ただの悪党の手先、三下のゴロツキと同じだ」

ラヴィは勢いよく首を横に振った。

リックはいきなり騎士団内に入り込んだラヴィという異物について、アドキンズ伯爵側へは何一つ伝えていなかった。意地や良心がそうさせたのかもしれないが、あるいはそれこそ、彼の中にある「騎士の誇り」と呼ぶべきものではないかと思う。

「リックさま、今からでも遅くありません。エリ……騎士団長さまにすべて打ち明けて、助けを求めましょう。アドキンズ伯爵の摘発に協力すれば、必ず寛容な処分が下されます。他の騎士のみなさまだって――」

「だめだよ」

ラヴィの懸命な訴えにきっぱりと返して、リックは目を上げた。空虚な瞳は、ぽっかりと穴が開いたようだった。

「伯爵邸で妹を見たんだろう？　世間知らずの妹は、すっかりあちらに取り込まれてしまったんだ。ただの遊びと言われて賭博にも手を出した。他にも、本人の知らないところで悪事に加担させられている。僕が手を引くと、妹は牢に入るしかない。薬を飲むのをやめたら、ひどい発作が起きるのに——無理だ、そんなことになったら、妹はもう惨めに死ぬだけだ。今は『毎日が楽しい』と、あんなにも朗らかに笑ってるのに……！」

リックの顔がはじめてくしゃりと歪んだ。ぶるぶる震えるほど強く拳を握りしめ、悲痛な呻き声を上げる。

ラヴィは眉を下げた。自分にも、リックの苦しさは理解できる。

その願いは同じであるはずなのに。

大事な人には、いつでも笑っていてほしい。

「でも、このままでは……」

「だから君に協力してもらうことにしたんだ」

リックはそう言って腰に右手をやった。

鞘からスラリと剣を抜く。白刃の不気味な輝きに、ラヴィは硬直した。

短銃の次は、剣か。

「ラヴィを人質にして、シリルと取り引きをする。今夜の作戦を失敗させるか、せめて延期に持ち込むよう工作させるんだ」

「そ、そんなこと……無理です」

ラヴィは青い顔で首を振ったが、リックがそれを聞き入れる様子はなかった。

「無理じゃないよ。シリルは絶対に、君の安全のほうを優先させる。そんなこと、あいつを見ていればすぐに判る。そもそもシリルは騎士団内でも浮いていたんだ。仲間を裏切っても、僕と違ってそんなに痛痒は感じないよ。……ここには、大きな武器を収納するための箱があるからね、ラヴィを縛ってその中に閉じ込めておく。せめて伯爵が証拠を隠すだけの時間が稼げればそれでいいんだ。大人しくしていれば何もしない、約束する。だからラヴィ」

「――なるほど。つまり、『証拠』は確実に存在する、というわけだな?」

突然割って入った張りのある声に、リックは弾かれるように反応した。

その声は扉の向こうではなく、武器庫の奥から聞こえた。

リックが直ちに床を蹴って腕を伸ばし、ラヴィを抱きかかえるようにして、後ろからがっちりと拘束する。流れるように剣の先をラヴィに突きつけたが、「動くな!」という鋭い一喝で、ピタリと止まった。

「頼むから、これ以上罪を重ねてくれるな、リック」

そう言って、棚の裏から姿を見せたのは、第二王子で騎士団長のエリオットだった。

ガタガタと音がして、さらに数名の騎士たちがその後に続く。棚の裏だけではなく、床に置かれた樽や大きな箱も蓋が開き、中から次々に騎士が出てきた。

あっという間に、武器庫内には十人ほどの騎士がずらりと並んだ。彼らはみんな、手に剣を持っている。

その中に、シリルの姿はなかった。

「……どうして」

リックが震える声を絞り出した。彼と密着しているラヴィには、大きく上下する胸の動きが背中越しにはっきりと伝わってくる。

それと一緒に、肩に当たる、ゴリッとした硬い感触にも気づいた。

「おまえが内通者だということは判っていたが、捕まえたところで絶対に何も言わないだろうと思って、ちょっと罠にかけさせてもらった。今夜アドキンズ伯爵邸に踏み入るという話は真っ赤な嘘だ。おまえを焦らせたら、必ずなんらかの突発的な行動に出るだろうと思ってな」

事前の調査で妹のことは掴んでいたので、ここまでしないとリックは一人で黙って罪を背負いかねないと判断した――エリオットはそう言って、顔をしかめた。

「しかしラヴィを連れてくるとは予想外だった。彼女を放すんだ、リック。もう逃げ場はどこにもない」

扉の外にも騎士たちが待ち構えているのだろう。視線を上に向けたら、鉄格子のついた窓からは、長銃を構えた騎士がリックに狙いをつけていた。

その顔ぶれの中には、リックと仲の良かったノーマンとジェフの姿もあった。騎士全員が苦渋に満ちた悲しげな表情で、剣先を同僚に向け、引き金に手をかけている。

「おまえにはずっと見張りがついていたんだ。朝の通達の後、こっそり武器庫の鍵を持ち出したことも把握していた。それで準備で慌ただしいというフリをして、この中で待ち構えることにした。……てっきり武器を伯爵に渡すつもりなのかと思って、そこを捕らえる手筈になっていたんだが」

苦い表情ではあるものの、エリオットは冷静だった。説明する声はいつもと違って非常に重々しく、騎士たちを従えて堂々と立つ姿は王立騎士団の団長としての風格を漂わせている。

唖然としてそれを聞いていたリックは、「——ふ」と唇を曲げて息を漏らした。笑っているつもりなのかもしれないが、まるで泣き顔のように見えた。

「やられました、完敗です。命運は尽きたというわけだ。僕も、両親も、妹も。……何もかもが、終わった……」

虚空に視線を投げ、独り言のように呟く。

「リック、ラヴィを放せ」

エリオットが強い声で命じたが、リックの手はラヴィから離れない。右手は今も、しっかりと剣を握っている。

彼の目がラヴィに向けられた。

「ねえラヴィ、僕は地獄に行くけど、神さまは、何も知らない妹だけは見逃してくれるか

な？　あの子には、天国で笑っていてほしいんだ」

「リックさま——」

「ラヴィに当たる可能性が高いから、あの場所から長銃は使えない。みんなの剣先が僕に届くのと、僕が自分の喉を掻っ切るの、どちらが早いか試してみようか」

その言葉に、武器庫内の空気がぴりっと緊迫した。エリオットの「よせ、リック」という声にも、焦燥が滲んでいる。

「動かないでください。狙いが外れてラヴィまで一緒に斬ってしまったら大変だ。ここで死ぬのは僕一人でいい、そうでしょ？」

「……ふざけるな」

低く押し殺した声が聞こえた。

騎士たちが左右に分かれ、彼らの後ろから、短銃を両手で構えたシリルがゆっくりと進み出てくる。

顔色が悪いが、彼は怒気を露わにしてリックを睨んでいた。銃口はまっすぐそちらに向けられている。

「死に逃げなんて、俺は絶対に許さない。犯した罪は自分で償い、妹にもきちんと向き合え。今のままじゃどちらにしろ、おまえの妹はどんどん堕ちていくだけだ。おまえ以外に、誰が彼女に手を差し伸べられるんだ？」

　リックは醒めた目つきでシリルを見た。

「同い年なのに偉そうだなあ、シリル。君に何が判る？　大体、こんなところで発砲する気？　ここは武器庫だ、火薬がたくさんあるのに」

「火薬はすべて出してある。俺の銃の腕前は知ってるよな？」

「君の大切なラヴィも、巻き添えを食うよ」

「俺がラヴィを傷つけるわけあるか。彼女に掠り傷でも負わせる者は、誰であろうと許さない。その剣が少しでも動いたら、即座に撃つ」

「どうせなら心臓を狙ってくれないかな」

「命には別状ない、だが死ぬほど痛くて苦しいところを撃ってやるさ。死なせないぞ、リック。そうやってすべてを放り投げて、自分だけが逃げた後、残された者たちがどんな思いをするか少しは考えろ」

　その言葉がリックの中の何かを刺激したらしい。彼の瞳が暗く底光りした。

「……何も知らないくせに」

「そうやって被害者ぶって楽しいか？　主人公気取りで悲劇に浸る前に、いくらでもすべきことはあっただろう。薬の悪い影響が出始めていると気づいた時、伯爵から内通者になれと命じられた時、妹がおかしな連中と付き合い出した時、別の道を選ぶことだってできたのにそうしなかった。どうしようもなかったなんて、言い訳だ。おまえはただ、自分が楽なほうへと逃げただけなんだ。最後までそうやって卑怯者でいるつもりか」

「黙れ！」

リックが大声で怒鳴る。

ラヴィは、シリルが彼をわざと怒らせようとしているのだと気がついた。怒りは時に絶望よりも強い力を持つことを、シリルは知っているからだ。

そしてその矛先を、自分自身に向けさせようとしている。

「おまえに何が判る⁉ 顔も能力も将来も、何もかもが揃っていて、黙っていても幸運が手の中に転がり込んでくるおまえに！」

「今度は八つ当たりか。どこまでもみっともないやつだ」

「……いい度胸だね、シリル。今、僕の腕の中にはラヴィがいるんだよ。この子を殺したら、おまえも僕の気持ちが少しは判るかな？ 最も大事なものを失くしたら」

「その時は俺も同じことをやり返すとは思わないのか？ それは信用されたものだ」

皮肉げに投げつけられたシリルの言葉に、リックはぐっと詰まった。悔しそうに、ギリッと歯を食いしばる音が聞こえる。

彼は結局、妹の存在がなによりも大切で、見捨てられないのだ。いくら彼女がリックの苦悶の原因でも。

息詰まるような沈黙が続いた。

誰もが固唾を呑んで成り行きを見守るしかないその状況で、先に動いたのはリックのほうだった。

ふいに、彼の肩から力が抜ける。ふー……と深い息を吐き出した。

「判った。降参だよ、シリル」

その言葉に、ぴんと張り詰めていた場の空気が緩んだ。騎士たちがホッとした顔になる。

しかしシリルは銃を下ろさず、引き金から指も外さなかった。

「剣を動かすな。そのまま柄から指を離せ。一本ずつ、ゆっくりと」

「了解」

言われたとおり、リックが人差し指、中指……と順番に剣の柄から指を離していく。

薬指が離れて親指と小指だけで柄を支えている状態になると、シリルもやっと安堵したのか、全身の強張りが緩んだ。

それとともに、短銃の構えを解こうとする。

コン、コン。

ラヴィは咄嗟に足を動かした。靴裏が床を叩くその音を聞いて、シリルの表情が引き締まる。

「……っ！」

彼はすぐさま構えを戻して手に力を込めた。それと同時に、ガシャンと音をさせて剣が床に落ち、リックの左手が思いきりラヴィの身体を横に突き飛ばした。

制服の内側に右手を差し込み、隠し持っていた銃を抜く。ガン、ガンと二発分の銃声が続けて武器庫内に反響した。

撃ったのはシリルとリック、わずかにシリルのほうが早かった。

「シリルさま！」

ラヴィの悲鳴は、騎士たちの大声と入り乱れる足音にかき消された。リックは自分の右手を押さえ、シリルは肩を押さえている。どちらも指の間から赤い血が滲み出ていた。

その場にしゃがみ込んだリックは、騎士たちに捕らえられた。彼はまったく抵抗する様子を見せず、ただ、残念そうにため息をついただけだった。

「動揺させたら、うっかり心臓を撃ち抜いてくれるかなと思ったのに……まったく腹立たしいほど腕がいいやつだよね、シリルは。敏腕内偵のラヴィとお似合いだ。まさか髪飾り一つで破滅させられるとは思わなかった」

「破滅じゃなくて、救われたんだよ」

傍らに立ったエリオットに言われて、リックは口を噤んだ。

しばらく黙ってから、目を伏せる。

「……そうかもしれません」

ラヴィはシリルのもとへ一目散に駆け寄った。眉を寄せて肩を押さえていたシリルが

「ラヴィ、大丈夫？」と心配そうな顔をするのを見て、目尻を吊り上げる。

こんな時まで、あなたって人は！

今はまず自分のことでしょうと口を開きかけたら、その前に腕が伸びてきた。血のついた手がラヴィの背中に回り、ぐっと抱き寄せられる。

ラヴィの頭に自分の顎を強く押しつけて、囁くような声を出した。

「――怖かった。君を失うくらいなら死んだほうがマシだ」

目の前が水の膜で覆われる。シリルの胸に自分の顔を埋めて、ラヴィは嗚咽を漏らした。

その後、リックは騎士団の情報をアドキンズ伯爵に流していたことを正式に認めたと、シリルが手紙で教えてくれた。

妹に対しては最大限の配慮をする、というエリオットの言葉に頷いた彼は、武器庫での姿が嘘のように、落ち着いた様子で訥々と語ったという。

エリオットからシリルの過去を聞かされた時には、驚いた顔で「そうか、シリルも苦労していたんですね……」としみじみ呟いていたらしい。

シリルは「ずっと憎んでいてもよかったのに」と書いていたが、人を憎むよりも許すほうがずっと難しいし、きっと後者を選んだほうが結局は本人のためになるのではないか、とラヴィは思う。

――そしてリックから得た証言をもとに、今度こそ本当に王立騎士団は、アドキンズ伯爵邸へと一斉に踏み込んだ。

その際は、ラヴィが作成した屋敷の間取り図もなかなか役に立ったようだ。伯爵の書斎には実際に隠し扉があって、そこからは怪しげな帳簿や顧客名簿が大量に見つかったそうである。

現在、アドキンズ伯爵は王城内に拘禁されて、エリオットを筆頭に騎士たちから、ねちっこい取り調べを受けている。この件は長いこと、多くの貴族を巻き込んだ一大スキャンダルとして、連日新聞紙面を賑わせた。

完全に騒ぎが収束し、伯爵が法廷の場に引きずり出されるまで、まだまだ多くの時間がかかるだろう。

リックは捜査に協力的であったことと、情状酌量の余地があること、シリルを含めた騎士たちからの嘆願があったことにより、それほど厳しい処罰を受けずに済むようだ――という言葉で、手紙は締めくくられていた。

超がつくくらい多忙続きだったシリルと顔を合わせることができたのは、武器庫での一件から二月近く経過した頃だ。その間、ラヴィは騎士団詰め所への出入りを止められていたので、会うのは彼が銃で撃たれた日以来である。

事前に手紙で伝えられていたとおり、その日正装して迎えに来たシリルが連れていってくれたのは、大通りにあるきちんとしたレストランだった。

こぢんまりとはしているが、それなりに格式が高くて品が良く、雰囲気も落ち着いている。案内されたのは店の奥にある席で、人目を気にせずに済むのもいい。

淡い色のすらりとしたドレスを身につけたラヴィは、シリルの向かいに座り、ちょっとそわそわして結い上げた髪を手で整えた。

「ごめん、ラヴィ。今までろくに連絡もせず」

「いいえ、昔のようにお手紙をいただいて、嬉しかったですよ」

微笑んで返すと、シリルはホッとしたように目元を緩めた。

「変わりはなかったかい？」

「はい。王城に行かない分、時間が余って仕方なかったので、商会の仕事を手伝っていました」

せっかく仕事の面白さが判ってきたところでもあるし、以前のような接客の他に、新商品の開発にも関わったりしていた。

きっかけは、シリルの手紙である。

あまりに殺伐とした内容なので気を遣ったのか、便箋の端に自作の絵が添えられていたのだが、それが相変わらず「謎の生命体」としか思えないシロモノで、ラヴィを大いに悩ませたのだ。

敢えて実存の生物と見做すなら、いちばん近いのはカエルだろうか。昔はオタマジャクシに見えたから、それを考えると成長したとも言える。しかし真面目なシリルがそんなふざけた考えで女性宛ての手紙にカエルの絵を描くとも思えない。だとするとこれはやっぱり、猫……なのだろうか。いや、きっとそうだ。たぶんおそらく。

そこでラヴィはピンと閃いた。

――壊滅的に絵がヘタクソなシリルのために、いっそ、猫の印章を作ってしまえばいいのでは？

普通は貴族の家紋などを彫ることが多い印章だが、もっと安価な材料を使って、気軽に使えるものにしよう。可愛い猫をデザインして彫っておけば、誰でも押すだけで簡単に絵を残せる。

わりと失礼な動機で作り上げたその新商品は、思いがけないほどの好評を得て、現在もどんどん注文が入っている。父がこの件を全面的にラヴィに任せてくれたので、他にもいろいろな絵柄の簡易印章を作っている最中だ。

そういうわけで、ラヴィはラヴィで忙しかったので、不安や寂しさで落ち込む暇もないのは幸いだった。

「それよりシリルさま、お怪我のほうはどうですか？」

リックに撃たれて負傷したシリルは、三日ほど入院しただけで強引に退院し、エリオットと同僚の制止を振り切って仕事に復帰した。ようやく念願叶ってアドキンズ伯爵を追い詰められるという時に、のんびり静養などしていられなかったのだろう。

「それはもう大丈夫。撃たれた箇所も大して問題のあるところじゃなかった」

その言葉の真偽は判らないが、彼の動きはいつもどおりで支障があるようには見えない。リックが隠し持っていた銃は騎士団のものではなく伯爵から渡されたものであったそうで、小型であまり威力がないのも幸いしたという。

「でもあまり顔色がよくないようですけど」

「このところ休みなく動き回っていたから、ちょっと疲れはあるかな。それと、まあ、今は少し緊張もしているし……」

台詞の後半から急に、口調が曖昧になった。

視線がうろうろとテーブルの上を彷徨っているので、何か言いました？　とも聞きにくい。騎士団の仕事については機密に関わることでもあり、あまり話せないということだろうか。

「伯爵のほうは、どんな様子ですか？」

「ああ、相変わらず、頑として『知らない、認めない』の一点張りだね。びくびくしたところを見せればまだ可愛げがあるのに、ずっとふんぞり返って威張っているのが腹立たしい、と団長が愚痴っていた」

あのエリオットを愚痴らせるとは、やっぱり一筋縄ではいかない相手である。

「最終的には、法廷で争うことになるかな。それまでに小さなものから大きなものまで、他のあらゆる容疑も合わせ、証拠・証人・証言を片っ端から集めろと指示されている。きちんと立件できそうなものだけでも、膨大な数になりそうだ。団長はすぐにでも『魔女の血』をディルトニア王国内で禁じる法を制定してやると息巻いていたよ」

現在、『魔女の血』を常用している人数は、かなり多いらしい。いきなり禁止されては、その人たちも混乱するだろうし、困るだろう。そちらの救済措置も考えねばならず、エリオットは頭の痛い日々がしばらく続きそうだ。

「……実は、俺も伯爵と話をした」

テーブルに置かれたグラスに目をやりながら、ぽとりと言葉を落とすように打ち明けられて、ラヴィは驚いた。

「ど、どうでしたか？　伯爵はシリルさまに謝罪をしましたか」

「いや、まさか」

シリルは苦笑した。

「――それどころか、伯爵は『オルコット』という名前も覚えていなかった。とぼけているわけではなく、本気でやつの頭には残っていないようだった。俺にとっては人生が根底から引っくり返されたような出来事だったのに、伯爵にとっては単に数ある詐欺行為のうちの一つ、覚える価値もないものでしかなかったんだ」

「そんな……」

ラヴィは眉を寄せて、口をぐにゃりと曲げた。

それではあまりにも……シリルも彼の両親も、報われない。

「正直、やりきれなかった」

短い言葉と伏せられた目に、シリルの複雑すぎる感情の一端が垣間見えた。

悲しい、悔しい、腹立たしい、虚しい――彼の胸の中にあるものは、きっと「怒り」という一言では言い表せないだろう。

「シ、シリルさま」

「うん？」

「あの、やっぱり一発くらいは殴ってもよろしいのではないでしょうか！　それだけで、ちょっとは――ほんのちょっとくらいは、スッキリするかもしれません。わたしのほうからも、エリオットさまにお願いしますから。きっと少しくらいは目を瞑ってくれますよ。

最大限に効果的な一発を喰らわせるための道具などが必要でしたら、ニコルソン商会の総力を挙げてなんとしても手に入れます、たとえ地の涯にあろうとも！」

拳を握って力説すると、シリルは一瞬ぽかんとして、それからふはっと噴き出した。

「ラヴィ……君の発想は、どうしていつもそう暴力的なんだ……？」

「では、穏便に毒を使用するというのはどうでしょう。死なせるわけにはいかないので、そうですね、十日くらい激しい下痢と腹痛に悩まされるような」

「やめて、これ以上笑わせないで」

シリルはテーブルに突っ伏して、本格的に笑い転げた。なにやらツボに入ってしまったらしく、なかなか収まらない。

……笑い上戸なところは、昔と変わっていないのかも。

「ちゃんと笑えて、自分でもホッとした。やっぱりラヴィはすごいな」

シリルは顔を上げ、ありがとう、と優しい声で礼を言った。

「納得はしていないけど、伯爵が捕まったことで、一応の気持ちの決着はつけられた。これからは過去にばかりこだわるのはやめて、きちんと未来を見据えて歩いていきたいと思っている」

「……はい。わたしも」

ラヴィは微笑んだ。

　また、こうしてシリルの笑顔を見られるようになった。

　子どもの頃とは少し違うけれど、それでもこれは現在のシリルの、心からの笑みなのだろう。

　よかった。望みが叶って、ラヴィはもう満足だ。これでなんの心残りもない。

　――自分もやっと、過去の思い出と現在の気持ちを胸に、前へと足を踏み出せる。

「ええっと、それでね、ラヴィ、その件で今日は君にどうしても話したいことが」

　ごほんと咳払いをして、改めてシリルが切り出した。

　真面目な表情なので、ラヴィは思わず姿勢を正したが、なかなかその「話」とやらが始まらない。両手の指を何度か組み替えて、口を開いたり閉じたりしている。

　なんだろう。ひょっとして早速「婚約が決まったんだ」などと言われてしまうのだろうか。ラヴィはドキドキした。

「いや、そうかしこまられると……あ、そういえば、武器庫でのことが心の傷になってはいない？　怖い思いをしたし、悪い夢を見たりしていないかい」

　明らかに話したかったのはそれではないと思うが、そちらはそちらで気になるのか、シリルがぐっと身を乗り出してくる。

　肩透かしのような、少しホッとしたような気分で、ラヴィは首を横に振った。

「いいえ、毎日ちゃんと眠れています」

「それならいいけど……あの時は本当に心臓が止まるかと思ったよ。てっきりリック一人が入ってくると思ったのに、ラヴィまで放り込まれて」

血相を変えてすぐに飛び出そうとしたシリルを、エリオットと他の騎士たちが必死に止めていたのだという。ラヴィも大変だったが、あの時棚の向こうでそのような攻防が繰り広げられていたとは、思ってもいなかった。

「どうしてリックについていくなんて、危険なことをしたんだ？」

いつの間にかお説教モードに移行している。

「だって、詰め所に誰もいないから、たぶん何か裏があるんだろうなと……それならわたしがあまり警戒心を出すとまずいんじゃないかと思って、全力で『いつもどおり』に振る舞いました」

「勘が良くて頭も回るのに、行動が抜けている……」

シリルが手で額を押さえた。

「ラヴィのそういう無謀なところ、シンプソン夫人も心配していたぞ」

「クレアさま？」

「夜会の件で訪問した時に、いろいろ話を聞いたんだ。……『夏鳥』の由来も」

「ええっ！」

ラヴィは叫び声を上げて、両手をパッと頬に当てた。なにもそんなことまで言わなくてもいいのに、クレアさま！

「なんでも、『冷たい風が一度吹いただけで冬が来たと勘違いして、急いで南に飛んで行ってしまう、おっちょこちょいで慌てんぼうの夏鳥』という意味だとか……」

そこで、シリルがぷっと噴き出す。ラヴィはますます赤くなった。

「気が回って行動も迅速だけど、たまに早合点で突っ走るところがあるから、なるべく気をつけてやってほしい、と言われたよ」

アンディといい、クレアといい、なぜ身近な人は口を揃えて同じことを言うのか。

「そういうところ、あまり子どもの頃と変わっていないいんだと思って……」

くくく、と下を向いて可笑しそうに肩を震わせる。

「それ以来、空を飛ぶ鳥を見かけると、つい目が向いてしまうんだ。だから手紙にも絵を描いた」

あれは鳥だったのか！　衝撃の事実が続いて、頭がくらくらしてきた。これから急いで鳥の印章を作らねば。

「クレアさまのお屋敷に勤め始めた頃は確かにいろいろ失敗もしましたけど、今はもう大人ですから、そんなことありません」

頬を膨らませて反論するラヴィに、シリルは目を細めた。

「別にいいじゃないか、『夏鳥』なんて可愛らしい愛称だ」

「ラヴィはいつでも可愛いよ」

さらりと出した言葉でラヴィの呼吸を一瞬止めさせてから、ぽつりと付け加える。

「……それに、『冬狼』と似合いの名前だと思わないか？」

呼吸だけではなく、ラヴィの全身の動きも停止した。

シリルがまっすぐ視線を合わせてくる。この真摯な青い瞳を向けられると、ラヴィの思考はいつもぐずぐずに溶けてしまって使い物にならない。

「夫人はこうも言っていたよ。『ラヴィはずっと一途に、初恋のあなたのことを想い続けていました。わたくしはあの子の幸せを切に願っております』とね」

ラヴィの顔だけでなく、目の前までが真っ赤に染まった。

どうして今この時に、そんなことを言い出すのだ。ラヴィはシリルとの別れを静かに受け入れた後は、彼を忘れることはもう諦めて、恋心を胸に秘めたまま死ぬまで独り身で過ごし、仕事に生きようと誓いを立てたところだというのに。

えっ、じゃあもしかして、あの夜会の時、ラヴィの気持ちはもうシリルに知られていたということ⁉

「俺の気持ちはもう伝わっているんだろう？　ラヴィ、もしも君も俺と同じように思ってくれているのなら……」

そっと手を伸ばし、長い指がラヴィの指の先に触れようとしたところで、シリルはぎょっとして言葉を止めた。

ラヴィがぽろぽろと涙を落とし始めたからだ。

「ラ、ラヴィ？」

「うっ……ど、どうして、そんな酷いことばっかり、言うんですか……！」

べそべそ泣きながら抗議すると、「酷いこと……」と呟き、シリルの指がまた離れていった。

苦しげに細い息を吐き出して、沈痛な表情をする。リックの前では毅然としていた彼が、まるで置いてきぼりにされた子どものように頼りなげに見えた。

「……ラヴィはもう、俺のことなんて嫌いになった？　再会してからの俺は、君を幻滅させてしまっただろうか。確かに、伯爵家の長男だった頃とはいろいろ変わったと思う。君にきつく当たって、ひどい態度も取ってしまったし……」

「そっ、そんなわけないじゃないですか！　シリルさまは昔も今も、強くて、包容力があって、優しくて、頼りになって、世界一素敵な人で、わたしにとって他の誰より最高の男性です！　たとえシリルさまでも、シリルさまを貶めるようなことを言うのは、わたしが許しませんよ……！」

「うん、意味不明だけど、少し安心した。だったら、どうして俺を拒むの？」

「だって、だって！」

ラヴィは涙で頬を濡らし、ぶんぶんと首を横に振った。

「シリルさまは、わたしに、期間限定の恋人になれとおっしゃるんですか!?」

シリルは呆気にとられる顔をした。

「期間、限定……？」

「そんなことになったら、ますますお別れする時がつらくなるだけではないですか！　今、シリルさまに別れを告げるのでさえ、こんなにもつらいのに！」

「わ、別れ？」

「はっ！　それともひょっとして、わたしに愛人になれと!?」

「いや待って」

「どうしましょう、口にしたらそれもちょっといいかなって、心が傾きかけています！でもやっぱり、正妻の人のことを思うと……」

「なんで君を愛人にして、他に正妻を持たなきゃいけないんだ!?」

バン、とシリルがテーブルを叩いて叫んだので、一瞬、店内がしんと静まり返った。いくら人目につかないと言ったって、大声を出せばそれなりに響く。

それで少し頭が冷えて、ラヴィはぐすっと洟を啜って涙を拭った。

「……だって、シリルさま、もしかしてご存じないのですか。貴族の嫡子と平民の結婚は、法律で禁じられています」

その言葉に、シリルは訝しげに眉を寄せた。

「もちろん知ってる……だが、それになんの関係が？　俺はもうオルコット家の嫡男じゃない」

「でも、レイクス子爵家の跡継ぎなんですよね？　それはつまり嫡男と同じ扱いになるのでしょう？」

「は……？」

シリルが絶句した。

まじまじとラヴィの顔を見て、冗談ではなく心の底から本気で言っていることが判ったらしく、口元をぐっと引き締める。

「ラヴィ……それ、誰に聞いた？」

やけに静かな声で問いかけられた。

「騎士さまたちはみんな、そうおっしゃってましたけど」

「そう。それで、そのことを君は一度でも、当人である俺に確認したかな？」

「えっ、だって……」

ラヴィはぱちぱちと目を瞬いた。

だって、それはよく知られた話だと、みんな確定事項のように口にしていたから、わざわざ本人に訊ねる必要を感じなかった。

　あれ？

「つまり君は、母を見殺しにした子爵家を俺が喜んで継ぐと、これっぽっちも疑うことなく信じたわけか。そんな人間だと、へえー」

　わあ、再会した最初の時よりもずっと冷たい顔をしています、シリルさま。

「いえ、その、でも、それとこれとは」

「そんな風に割り切ることができる性格なら、俺は七年もの間、執念深く一人の男を追いかけたりしていない」

「なんて説得力」

「まあ、確かにそんな話を持ちかけられたのは事実だ。でも、即座に断った。当たり前だろう？　しつこく言われたから、もしも俺があの家を継いだ場合、昔の恨みがぶり返して草も生えないほど跡形もなく消滅させてしまうかもしれない、と返したら逃げるように引き上げていったよ」

「ええ……」

「現在は他の親戚から養子を取って、そちらが跡を継ぐともう決まっている。こんなこと、ニコルソン商会の情報網を使えば、あっという間に掴める事実だろうに」

「あのう……シリルさま」

シリルは冷ややかに唇の端を上げ、納得したように頷いた。

「ふ、そうか——思い込みが激しく、早合点であっという間に遠くへ飛んで行ってしまう夏鳥……なるほど」

そしておもむろに、すうっと大きく息を吸った。

「そういうところ、やっぱり全っ然昔と変わっていないな、君は!!　いいか、もう二度と変な勘違いをしないようにはっきり言うが、俺は君が好きなんだ、大好きだ！　自分でもどうかと思うが、ラヴィのそういう困ったところも含めてすべてが愛おしい！　貴族か平民かなんて関係なく、これからもずっと一緒にいたいんだ!!」

今度は、店内どころか、外を歩く人の耳まで痺れさせるほどの大音声だった。

ラヴィはその後、かなり長い年月をシリルとともに過ごすことになるのだが、彼がそこまでブチ切れたのは、後にも先にもこの一回きりである。

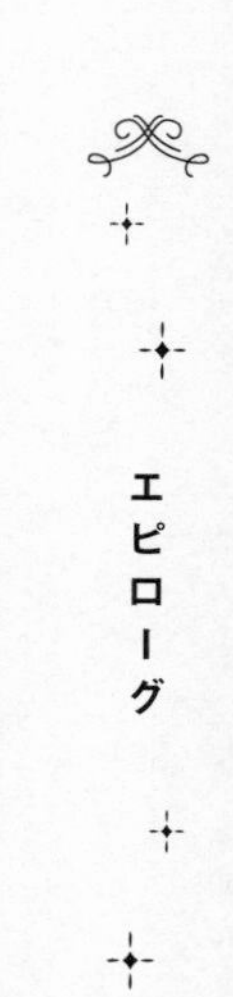

エピローグ

シリルはアドキンズ伯爵逮捕への貢献と、「魔女の血」の危険性を世間に広めるきっかけを作ったという功績を認められて、騎士爵を叙爵されることになった。

彼は「それはラヴィとシンプソン夫人の手柄なので」と辞退しようとしたらしいのだが、エリオットに説得されて受けることにしたのだという。クレアとハロルド夫妻にも、なんらかの恩賞が与えられるらしい。

ラヴィにも「何か欲しいものはある？」と訊ねられたので、これまでどおり騎士団詰め所に出入りできる許可をもらうことにした。

だいぶ愛着の出てきたその仕事を続けられ、おまけに毎日シリルの顔も見られるという、ラヴィだけの特別ご褒美である。

エリオットは笑ってそれに頷き、騎士団のみんなも喜んでくれた。

他人と距離を取ることをやめたシリルは、ちょっとぎこちないとはいえ、少しずつ騎士団の仲間たちとの間にある溝を埋めるための努力を続けている。

その様子を陰ながら見守ってハラハラしたりニコニコしたりするのが、最近のラヴィのなによりの楽しみだ。最初は頑なだったノーマンのような騎士も、それを見て「しょうがない、ラヴィに免じて」と態度を軟化させつつある。

ちょっとしたすれ違いを経て、ラヴィとシリルは現在、晴れて恋人同士という関係になった。

今では、熱烈に口説いてくるシリルに、どちらかというとラヴィのほうが振り回され気味だ。どうやら彼は、再会した時からずっとラヴィのことを「異性」として認識していたらしい。

恋人としてのシリルは、とことん優しく、かなり心配性なところがあり、ちょっと過保護で、まあまあ嫉妬深い。本人は「少しでも目を離すととんでもない方向へ飛んで行ってしまいそうで、気が気じゃないんだ」と大げさなことを言っている。

父と弟には、事の成り行きを最初から最後まですべて包み隠さず話した。

ガミガミと叱るアンディは、亡くなった母親そっくりで怖かった。

父親は泡を噴いて倒れた。

叙爵式の後、ニコルソン家にやって来たシリルは、両手にものすごく大きな花束を抱え

ていた。

「騎士爵は一代限りの準貴族。『貴族嫡子と平民の結婚は禁ずる』というディルトニア王国法の適用範囲外だ。まったくなんの問題もない。これならいいよね？――愛してる、ラヴィ。どうか俺と結婚してください」

跪いてされたプロポーズは、よほど懲りたのか、懇切丁寧な説明つきだった。

確かにこれなら、ラヴィは平民、シリルは貴族のまま、結婚ができる。ラヴィが文官になって法律を変えてまで実現しようとした願いを、最初に出会った時に抱いたいちばんの望みを、シリルは叶えてくれるというのだ。

だけど。

「……本当にわたしで、よろしいのですか？」

ラヴィはその花束に手を伸ばすのをためらい、代わりに両手を握り合わせて訊ねた。

だってラヴィには、これといって突出した才能があるわけではない。ニコルソン商会の名は大きくとも、それはあくまで父親のもので、その跡を継ぐのは弟。一従業員であるラヴィはなんの権限も持っていなかった。

平民としては多少目立つくらいの容姿をしているかもしれないが、貴族令嬢の中にはもっと美しく、教養も礼儀も完璧で、淑やかで上品な人がいくらでもいる。

女性たちから絶大な人気があり、他人を寄せつけないでいる理由もなくなり、おまけに爵位持ちとなったシリルなら、これからどんな相手でも選べるのに。

一目惚れから始まった初恋が――長い間ずっと抱き続けた想いが、ようやく成就するというこの瞬間になって、ラヴィは急に怖気づいてしまったのだろう。不安になり、自信がなくなり、怖くなった。それでつい、その問いが、勝手に口からこぼれ出た。

シリルは少し驚いた顔をしたが、怒ったりはしなかった。

「ラヴィがいい。いや、ラヴィでなければ、だめなんだ」

そう答えて、柔らかく微笑んだ。

「シリルさま……」

その顔を見て、ラヴィの心がじんわりと熱を持つ。

こんなにも満ち足りた気分になるのは、彼が笑ってくれるから。他の誰も、代わりにはならない。シリルだけ、この世界で唯一シリルだけが、ラヴィに極上の幸福をもたらすことができるのだ。

なんて愚かな質問をしてしまったのだろう。ラヴィこそ、シリルがよくて、シリルでなければだめだった。

昔も今も、ラヴィの最愛の人。

――ああ、鐘の音が聞こえる。

なんの鐘だろう？　いいやこれも八歳の時と同じ、「始まりの鐘」だ。

「ラヴィは俺に『笑ってほしい』と言ってくれたけど、俺も離れていた間、いつもそう思っていたよ。俺とは無関係な場所で、幸せに楽しく笑っていてくれればいいと、祈るように願っていた。――だけど今の俺はもう、それじゃ我慢できない。ラヴィの笑顔をすぐ隣で見ていたいし、ラヴィを幸せにするのは他の誰でもなく、俺でありたい」

それは、今のラヴィと同じ願いでもある。

「……ずっと言いたかった。ラヴィ、また俺の前に現れてくれてありがとう。俺を想い続けていてくれてありがとう。君を突き放そうとした俺を、諦めないでくれてありがとう。すっかり忘れていた笑顔を取り戻せたのは、ラヴィのおかげだ。君が傍にいてくれれば、俺はこれからも笑っていられる。未来への希望と喜びを抱くことができる。母を亡くしてからずっと一人だったが、この先はラヴィと一緒に生きていきたい。俺の新しい家族になってほしい。今度こそ失わないよう、命を懸けて守るから」

「――はい、喜んで」

他の言葉は何一つ思いつかなかった。そもそも、喉が塞がって声が出せないくらいだった。だからその短い返事だけをして、ラヴィは差し出された花束を手に取った。

透明な雫が、花びらの上にぽとりと落ちる。

立ち上がったシリルが、優しい目をして顔を寄せてきた。

今度は両手で押し留めることも、逃げることもしない。ラヴィは素直に目を閉じて、とろけるように甘い甘いその口づけを唇に受けた。

ラヴィは結婚後も仕事を続け、王城では騎士団以外の部署の人たちからも注文をもらうようになった。同時にニコルソン商会の新商品開発にも携わって、非常に忙しくあちこちを飛び回っている。

騎士団勤めのシリルは、そんな妻を時に心配し、時に労わりながら、温かく見守ってくれる。ラヴィが「いいことを思いついた」と言う時だけ、ものすごく警戒するのは変わらないが。

二人の新居の玄関扉には、「翼を閉じて安らぐ鳥」と、それを抱くようにして守る「優しく笑う狼」をデザインしたレリーフが飾られた。

訪問客たちは一様に首を傾げて「これはどういう意味?」と訊ねてくるが、顔を見合わせて楽しげに笑う二人の口から、その答えが出ることはない。

番外編

陽だまりの中で

王都にある貴族子息が通う学校は、その生徒の大半が寄宿舎住まいだ。

しかし一人につき一部屋が与えられるので、一応最低限のプライバシーは守られている。

「ふっ……く、くくっ……」

だからこんな風に、自室でシリルが俯いて肩を揺らしていても、周囲から好奇と非難の目を向けられずに済むのである。

とはいえ、ここで暮らしているのは十代の少年ばかりなので、他の誰かがふとした思いつきで、軽いノックとともに扉を開けて急に訪問してくる、というケースは避けられない。

「なあシリル、悪いけどちょっと借りたいものが……なに笑ってるんだ？」

扉と壁の隙間からひょこっと顔を覗かせたのは、頬にそばかすのある仲良しの級友だった。

彼は椅子に座ったまま身を捩じらせ悶絶しているシリルを見て、きょとんとした。

「やあ、マーティン」

シリルは顔を上げ、笑みの残った顔で挨拶をした。一つ息をついてから、眦に滲んだ涙を指先で拭う。

　その手に数枚の便箋が握られていることに気づき、マーティンは「ああ」と納得したように頷いた。

「例の、『子ウサギちゃん』からの手紙か？」

「うん」

　普段のシリルは、貴族子息らしく、何事もおっとりした微笑みだけで受け流すことが多い。こんなにもあけっぴろげな笑顔を見せるのは、マーティンのように心を許した友人が傍にいる時と、遠く離れた地から送られてくる手紙を読む時くらいだ。

「平民の女の子なんだろう？」

「そうだよ。すごく元気で、明るくて、頭のいい子なんだ」

　オルコット伯爵家の領地の近くに住む少女のことは、マーティンも知っている。他ならぬシリルが、何度も話して聞かせたからである。

　よく喋り、よく笑い、ぴょんぴょんと跳ねるようにして駆け回り、時に驚くような行動力を発揮する彼女のことを、マーティンは「シリルの子ウサギちゃん」と呼んでいた。

「何歳になったんだっけ？」

「この間、十歳になったよ」

　返事をしながら、あの女の子とはじめて会った時からもう二年近くが経つのか、とシリルは少し感慨深く考えた。

実を言えば、最初「友達になろう」と提案した時、シリルの胸にあったのは、単純に平民への好奇心だけだった。今後も手を広げそうなニコルソン商会とは懇意にしておいて損はないだろう、という打算もなかったわけではない。

しかし交流を続けるうち、いつの間にかそんな打算は吹っ飛んで、「平民への好奇心」は少女自身に対する興味と好意に変わっていた。

いつもキラキラと瞳を輝かせ、目まぐるしく変化をする表情とともに口も手足も活発に動き、たまに鋭いことをさらりと口にする女の子。

あの眩しい笑顔を見ながら、「いいことを思いつきました！」から始まる突飛な発想に耳を傾けていると、不思議なくらい幸せな気分になる。

愛らしくて目が離せない、妹のような存在だ。

「そうだ、今度の手紙には、ラヴィみたいに目がくりっとした、可愛いウサギの絵を描こうかな」

「あ、うん……それはやめておいたほうがいいと思う。『君を思って描いた』と添えられた絵がバケモノみたいな何かだったら、かなりショックを受けるだろうし……」

もごもごと呟かれたマーティンの言葉は、もうすぐやって来る長期休みのことに思考が飛んでいたシリルの耳には入らなかった。

次に会う時、小さなラヴィはどれだけ成長しているだろう。どんどん賢くなっていくあの子のために、本をいくつか持っていこうか。

手紙には「もう一人前のレディになった」と自慢げに書かれていたが、王都で流行っている菓子について興味津々なあたり、まだまだ幼いところもあるようだ。

でもきっと数年後には、本当に素敵な女性になっているに違いない。

「楽しみだなあ」

シリルはニコニコ笑ってそう言った。

——長期休みが来る前に少女に別れを告げ、自分が人生の暗黒期に突入することになるとは、この時は想像もしていなかったのだ。

それから七年が経った現在。

騎士団の詰め所で、シリルは手紙を読みながら、俯いて肩を震わせていた。

「なに笑ってるんだよ、シリル」

かつての級友と同じ言葉をかけられて顔を上げると、すぐ前に立ってこちらを見下ろしているのは同僚のノーマンだった。

あの時のマーティンと違って呆れたような表情をしているし、声音にも未だ完全にはなくならないトゲが含まれているが、これでも以前と比べれば、だいぶ友好的になってきたほうである。

「いえ……ラヴィからの手紙が届いて」

「ラヴィ？　そういえば三日ほど来ていなかったな。何かあったのか？」

若干前のめりになったノーマンに答えようとシリルが口を開きかけたら、近くにいた他の騎士たちまでがその名を聞きつけて、わらわらと寄ってきた。

「ラヴィがどうしたって？」

「ひょっとして、病気なんじゃないだろうな」

「そうか、何か足りない感じがすると思ったら、あの大きな声が響かないからか」

シリルを囲んで質問する彼らの眉が寄っているのは、心配のためだろう。

詰め所に出入りするようになった当初は、平民娘に対する侮蔑と苛立ちを隠さない騎士のほうが多かったのに、ラヴィはいつの間にか、彼らをすっかり自分の味方に取り込んでしまったようだ。

彼女のように魅力的な女性はこの世に二人といないのでそれも当然だと思うが、正直あまり面白くはない。

シリルは牽制を込めた鋭い視線で周囲を睥睨した。

「言っておきますけど、軽い気持ちでラヴィに手を出すようなことをしたら……」

「安心しろ。確かにラヴィは愉快なやつだが、アレに付き合うのはものすごく大変そうだというのは、俺たち全員、意見が一致している」

ノーマンの言葉に、騎士たちが揃ってうんうんと頷いている。微妙に失礼なことを言われた気がしたが、恋敵が減るのは良いことなので突っ込まないでおいた。

「それで、ラヴィは？」

ジェフに訊ねられ、シリルは手紙をひらりと振って見せた。

「新商品の打ち合わせをするために、王都を離れているんです。明日こちらに戻るそうですよ」

ニコルソン商会が新しく売り出した「動物の絵の簡易印章」は、おもに若い女性たちの間で大きな評判になっている。

安価で手軽で可愛いので、ちょっとしたやり取りで使うことが多いらしい。現在あるのは猫の印章だけだが、これから様々な種類を増やしていくと聞いて、「すべてのシリーズを揃えたい」と意気込む女性たちもいるのだとか。

その件の責任者であるラヴィは、可能な限り材料費や人件費を抑えるため、あちこちを駆けずり回って交渉しているのだ。

「へえ……行き先は遠いのか？」

「そうですね。かなり自然が豊かなところらしいです」

手紙によると、彼女が向かった土地には、青く澄んだ湖があるのだという。その美しい湖を表現する際、毎回「シリルさまの瞳のように綺麗な」と前置きされているのが、非常にくすぐったい。

もちろん他にも、仕事の進捗具合や、その地の名産や食べ物について、余すことなく記されている。ラヴィの観察眼の鋭さと、情け容赦のない描写と、ユーモア溢れる文章力は、相変わらず健在だ。

「騎士団の皆に、『顔を出すことができず申し訳ありません』と伝えてほしい、とありました」

「それだけじゃないんだろ。他にラヴィはなんて書いて寄越したんだ？」

「言えません。これは俺に宛てた彼女からの恋文でもありますから」

おかしな誤解が解けて、ようやく自分たち二人の想いが通じ合ったのは、つい先日のことだ。

つまりこれは、「恋人同士」になってはじめてラヴィからもらった手紙、ということである。そう簡単に人に見せたり内容を教えたりできるはずがない。

シリルはきっぱり断って便箋を丁寧に折り畳み、大事に封筒に戻したが、ノーマンは首を捻った。

「恋文って、普通そんなに笑う要素あるか……？」

「あ、でも、いろんな人の感想が聞きたいとのことで、新しい印章の試作品が一緒に送られてきたんです。これを見て、忌憚のない意見をお願いできますか」

そう言いながら、シリルはテーブルに一つずつ印章を並べていった。

「えーと、これが鳥で、これがウサギで、これがオタマジャクシ……」

「なんでオタマジャクシなんだよ！」

「そういえばラヴィ、この間えらく真剣な顔つきで『鳥……鳥だった』とうわ言のようにぶつぶつ呟いていたな」

「俺は、謎の生命体がどうのと言っていたのを聞いたが」

「シリル、これはいつ発売される予定なんだ？　妹にせっつかれているんだ」

騎士たちがあれこれ口を出し、シリルのテーブルを中心にわいわいと盛り上がる。

それらの意見を書き取ったり返事をしたりしつつ、彼らの賑やかな輪に自分が交じるなんて、以前は考えられなかったな……とシリルは内心で思った。

その時になって、ようやく気づく。

もしかしたらラヴィは、まだ少しぎこちなさの残るシリルと騎士たちとの距離が縮まるように、これを送ってきたのではないか。

やっぱり彼女には敵わない、と小さく苦笑する。

議論と批評が一息ついたタイミングで、シリルは椅子から立ち上がった。

「……すみません、俺はこれから団長のところに行かなければならないので」

「ああ、アドキンズ伯爵の件でか？」

「この期に及んで反省の素振りもないとは、まったく腹立たしい男だよなあ」

騎士たちはいかにも憎々しげな表情で伯爵を罵ったが、シリルは口を噤んで同意も反論もしなかった。自分の場合、あの男に対して抱いているものが大きい上に重すぎて、かえって外には出しにくい。

それに、アドキンズ伯爵については、第二王子で騎士団団長のエリオットから「他言無用」という条件付きで聞かされていることがある。

他の騎士たちも知らないだろう。あの男に深く関わったシリルだけ、こっそりと教えてもらった。だからラヴィにも言っていない。

――伯爵は最近、夜中に何度もうなされることがあるそうだ。

最初それを耳にした時は、とても信じられなかった。あの傲慢で不遜で、人を人とも思わず、平然と罪を重ねてきた男が、うなされる？

昼間はどれだけ厳しく尋問されてもまるで動揺を見せず、知らない、覚えていないと、冷笑を浮かべているだけなのに？

シリルは困惑したが、エリオットによると、拘禁生活が長びくにつれ、そういう状態になる者は珍しくないという。

「そりゃあ、いくら鋼のような神経の持ち主でも、長いこと行動の自由を奪われて、連日取り調べをされていたら、参ってきても無理はないさ。自分は平気だと頭では思っていても、心のほうが悲鳴を上げるんだ。見張りの兵の話では、伯爵は時々、何もない場所を指差して、意味の判らないことを喚いたりしているそうだよ。そこに、誰かの幻覚でも見えているのかもしれないね」

淡々とそう言って、エリオットは薄く笑った。

「意識が混乱し、譫妄状態になり、叫んだり暴れたりする——皮肉だと思わないか。病人を騙して売りつけていた『魔女の血』の副作用そっくりの症状に、伯爵自身が襲われるようになるとはね。……シリル、きっと罪というのはそうやって、どう足掻いても本人の下へと返ってくるものなんだ。おまえが手を汚さなかったのは正解だった。あの男には、そんな価値もなかろうよ」

それを聞いて、シリルはひどく神妙な気持ちで頷いた。

……自分の七年を黒く塗り潰した、アドキンズ伯爵。

闇の中、あの男の前に現れて、恨み言を吐き、憎悪をぶつけているのは、一体誰の幻なのだろう。

願わくは、そこに両親の姿がないといい。父と母の魂は、負の感情に縛られることなく、天へ昇ったのだと思いたい。

ちなみに、アドキンズ伯爵の息子であるルパートは、どこかに姿をくらました。

父親が捕まった後すぐ屋敷を抜け出し、取り巻きたちを頼ったらしいが、軒並み全員から撥ねつけられて、そのまま消息を断ったとのことだ。頭がカラッポな分、案外どこかでしぶとく生き延びているような気がする。

ルパートが父親との面会を望むことは、ただの一度もなかった。

爵位は剝奪され、屋敷も財産も被害者救済のために差し押さえられるだろう。長い長い裁判と刑期を終えて、外に出てくることがあったとしても、アドキンズ伯爵の手にはもう何も残っていない。その血を引いた実の息子さえ。

――結局、あの男があれほど貪欲に欲しがっていたものはなんだったのか、シリルには未だによく判らないままだ。

ラヴィならきっと、「判らなくていいんですよ」と、優しく笑って言ってくれるに違いないけれど。

仕事を終えて王都に戻ってきたラヴィを食事に誘うと、二つ返事で了承された。

場所は城下町の、不愛想な店主がいる小さな食堂である。彼女はここの料理がずいぶん気に入っているらしい。

その日はぽかぽかした陽気で、窓から入る光が穏やかに二人を包んでいた。

「長旅、大変だったね。疲れていない？」

「はい、元気いっぱいです！」

シリルの問いに、ラヴィはにっこりして答えた。

事故に遭っていないか、厄介事に首を突っ込んでいないかと、ここ数日ずっと不安だったので、その笑顔が見られてようやくホッとする。

シリルはテーブル越しにラヴィのほっそりした手を握り、顔を寄せて健康状態を確認した。

途端に彼女の頬がパッと紅潮したので、血色は悪くないようだ。

「環境が変わってもちゃんと眠れた？　体調を崩してはいない？　食事はきちんと取ったんだろうね？」

ぐっと身を乗り出して訊ねると、ラヴィはますます赤くなった。

「だ、大丈……近い、近いです、シリルさま！」

「テーブルが邪魔で、これでも遠いくらいだ。隣に座ってもいい？」

「だめです。シリルさまの整った顔は、あんまり間近で見ると心臓に悪いんですよ」

「これからもっとぴったり密着する予定だから、早く慣れて」

「今、さらっととんでもないこと言いました？」

「俺は一日中ラヴィを見ていても飽きないんだけど」

「ノーマンさまみたいに、『面白いから』という理由じゃないでしょうね」

「そんなことを言われたの？　よし、明日早速、決闘を申し込もう」

「冗談に聞こえないのでやめてください」

「俺はもちろん、嬉しいからだよ」

「嬉しい？」

「ラヴィが笑ったり、お喋りしたり、照れたり、拗ねたり、目を輝かせたり、生き生きと過ごしているのを見ると、嬉しくて楽しくて、この上なく心が満たされるんだ」

「んもう……！　降参です！」

ラヴィは耳まで真っ赤になり、火照った顔を両手で覆って白旗を上げた。誰もが認める猪突猛進型の彼女だが、意外と押しには弱くて、そんなところもたまらなく可愛い。

「たくさん報告したいことがあったのに、頭から吹っ飛んでしまったではないですか！　あれもこれもシリルさまに教えようと張りきっていたのに！」

「うん、聞かせてもらいたいな。いくらでも」

シリルはやんわりと微笑んで、促した。

ラヴィの声は朗らかで、柔らかくて、温かく、心地いい。

……会わなかった期間も、よく思い出していたっけ。

シリルの思考は引っ張られるように、束の間、過去へと遡った。

――子爵家で与えられた離れは、古く狭く、あまり陽も差さないような建物だった。蠟燭の数もまるで足りなかったから、夜になるとさらに暗い。どこかが壊れても補修はされず、寒い時期はひたすら毛布にくるまり、隙間風を耐えるしかなかった。

一日中泣くばかりの母親は、何かというとシリルの名を呼んで傍に置きたがった。自分を取り巻く状況の何もかもがつらく、心細かったのだろう。その苦しさはよく判るけれど。

……母は、シリルだってつらく心細いということにまでは、頭が回らなかった。

本当はシリルこそ、今にも倒れそうな毎日だったのに。

朝からほとんど食べもせず働きづめで、叔父叔母の暴言と、従弟からの暴力を受けながら、その合間に何もできない母親の面倒を見て。

こちらに全力で寄りかかってくる母がいたから、なんとか踏ん張って支えていただけに過ぎない。

それでも母はただ泣いて、嘆いて、自分自身のみを憐れんでいた。年下の従弟にしたたか殴られてできた、息子の服の下のたくさんの痣に気づくこともなく。

弱くて脆い彼女にとって、シリルだけが頼りだったのだろう。

だがシリルだって、まだほんの十五歳の少年で、誰かの保護が必要な、弱い存在だったのだ。

たまに、疲労と苦痛がずっしりとのしかかり、ここから逃げ出したいという欲求が湧き上がって、抑えがきかなくなることもあった。

そんな時は、母を寝つかせた後そっと外に出て、一人夜空を見上げることで、精一杯気持ちを落ち着かせようとした。

でも、凛とした冷たい輝きを放つ星は、誇りを捨てるな、しっかりしろと叱咤するばかり。その時のシリルが焦がれるように求めていた、自分を包んでくれる明るさと温かさを与えてくれることはなかった。

弱音を漏らせるような相手は周囲にいない。父の死後、伯爵家の嫡男という肩書きが外れた途端、誰もがシリルから距離を置いた。

同じ学校の友人たちも、葬儀に来るどころか、安否を訊ねる手紙一通すら送ってこなかった。あんなに仲良くしていたマーティンさえ、沈黙と無視を選んだ。

きっと、親に止められたのだろう。貴族の子息である以上、自分の気持ちよりも家の事情を優先させなければならないのは仕方のないことだ。

——そう判っていても、どうしようもなく寂しくて、胸の中が寒々しかった。

どこからも手が差し伸べられることはない絶望的なその状況で、かろうじて立っていられたのは、シリルのために泣いてくれた子がいたからだ。

たった一人だけ。

『シリルさまに助けてもらったお返しに、今度はわたしがシリルさまを助けてあげますからあっ！』

その涙が、泣き声が、びっしょりと濡れた顔が、どれだけシリルに救いをもたらしたか、きっと本人は判っていない。

空々しい励ましや、「頑張れ」という実のない言葉より、ずっと大きく強い力を持っているということも。

孤独に苛まれるたび、その声を思い出すと、いつも心が少しほっこりした。

――それはまるで、暗闇を照らす一筋の陽光のように。

「なので、わたしが……シリルさま、聞いてらっしゃいます？」

向かいに座るラヴィに顔を覗き込まれ、シリルは我に返った。

急に明るいところへ引き戻されたような気がして、眩しさで目を瞬く。

……そうだった、ここはもうあの寒くて暗い場所じゃない。

「あ、ごめん。ちょっとぼうっとして……なんだったかな」

「ですから、ものすごくいいことを思いついたので、これはぜひ実行しなければと」

「待って。俺が悪かった。その話、最初からじっくり聞かせて」

シリルは自分の迂闊さを心から反省し、強めの口調で言った。

ラヴィはあまり名案であったためしのない名案を、気がついた時にはすでに行動に移しているような性格なのだ。一瞬でも油断したら命取りになりかねない。この場合、削られるのはもちろんシリルの命と精神である。

「お疲れでしたら、また次の機会にでも……」

申し訳なさそうに眉を下げたラヴィの手を再び取り、シリルは正面からその顔をじっと見つめた。

「君の話が聞きたいんだ」

真面目な表情でそう言うと、ラヴィがまた赤くなって「ぐう……」と呻いた。

「な、なんでも色仕掛けが通用すると思ったら大間違いですよ、シリルさま」

「だめ?」

「もちろん、だめなわけありません。この声が嗄れ果てるまで全力を振り絞ります!」

「いや、嗄れたら困る。とりあえず、飲み物を追加で頼もうか」

ラヴィの喉を潤すために、店主を呼んで注文をする。

「待ってな」と低い声で応じて厨房に引っ込んだ店主を見送ってから、ラヴィがそろりと窺うようにシリルに視線を移した。

「シリルさま、わたしのお喋りがうるさかったら、正直にそう言ってくださいね……？」

「そんな風に思うことは俺が死ぬまで絶対にないから、安心して」

「ふふっ……もう、大げさなんだから」

ラヴィは楽しそうに笑ったが、シリルは目を細めるだけで黙っていた。

妹のような存在から恋人になった今も、彼女の笑顔を見ながら、その話に耳を傾けるのは、シリルにとって他の何物にも代えがたい、幸福な時間であることに変わりない。

――これからの人生、君の声をずっと隣で聞いていたいんだ。

あとがき

こんにちは、雨咲です。このたびは、本書『初恋の少年は冷徹騎士に豹変していました』を手に取っていただき、まことにありがとうございます。

このお話は、貴族が年々弱体化し、力を持った平民が台頭しつつある時期の、ディルトニア王国を舞台にしています。時代区分で言うと、近世くらいでしょうか。

主人公・ラヴィは貴族令嬢ではなく大きな商会の娘で、裕福な家でのびのびと育ちました。非常に思い込みが激しく、まっすぐな性格で、そしてものすごく一途な女の子です。

初恋相手に笑顔を取り戻してもらうため、奮闘するラヴィ。彼女が潑溂と動き回る姿を、ヒーローである騎士のシリルとの追いつ追われつも含め、楽しく見届けていただけましたら嬉しいです。

可愛く明るく華やかなイラストを描いてくださった宮波先生、書籍化の過程でお世話になったすべての方々、そしていつも応援してくださる皆さまに、心よりお礼申し上げます。

雨咲はな

「初恋の少年は冷徹騎士に豹変していました 全力で告白されるなんて想定外です!!」の感想をお寄せください。
おたよりのあて先
〒102-8177 東京都千代田区富士見2-13-3
株式会社KADOKAWA 角川ビーンズ文庫編集部気付
「雨咲はな」先生・「宮波」先生
また、編集部へのご意見ご希望は、同じ住所で「ビーンズ文庫編集部」
までお寄せください。

初恋の少年は冷徹騎士に豹変していました
全力で告白されるなんて想定外です!!
雨咲はな

角川ビーンズ文庫 24190

令和6年6月1日 初版発行

発行者――山下直久
発 行――株式会社KADOKAWA
〒102-8177 東京都千代田区富士見2-13-3
電話 0570-002-301(ナビダイヤル)
印刷所――株式会社暁印刷
製本所――本間製本株式会社
装幀者――micro fish

●お問い合わせ
https://www.kadokawa.co.jp/ (「お問い合わせ」へお進みください)
※内容によっては、お答えできない場合があります。
※サポートは日本国内のみとさせていただきます。
※Japanese text only

ISBN978-4-04-114987-4C0193 定価はカバーに表示してあります。
◇◇◇

異世界から聖女が来るようなので、邪魔者は消えようと思います
はすみ りょう
蓮水 涼
イラスト まち
WEB発＆大幅加筆★
勘違い王女に、乙女ゲームの溺愛モードが発動中!?
シリーズ好評発売中
遠い異国に嫁いだ日、王女フェリシアに前世の記憶が蘇る。
この世界は乙女ゲームで、王太子は異世界から来る聖女と
恋仲になり邪魔者は処刑！　破滅回避のため城を出るも、
王太子は甘い言葉でフェリシアを離さず!?
●角川ビーンズ文庫●